KB076944

토요일에 읽는
한국 단편 소설
3

2015년 4월 6일 제1판 제1쇄 인쇄
2015년 4월 13일 제1판 제1쇄 발행

엮어쓴이 조재도
펴낸이 강봉구

마케팅 윤태성
디자인 비단길
인쇄제본 (주)아이엠피

펴낸곳 작은숲출판사
등록번호 제406-2013-000081호
주소 413-170 경기도 파주시 신촌로 21-30(신촌동)
서울사무소 100-250 서울시 중구 퇴계로 32길 34
전화 070-4067-8560
팩스 0505-499-8560
홈페이지 http://cafe.daum.net/littlef2010
페이스북 http://www.facebook.com/littlef2010
이메일 littlef2010@daum.net

ISBN 978-89-97581-52-8 44800
ISBN 978-89-97581-49-8 44800(세트)
값 10,000원

반딧불 이문고

열공 학생들을 위한 읽기 학습 교양서

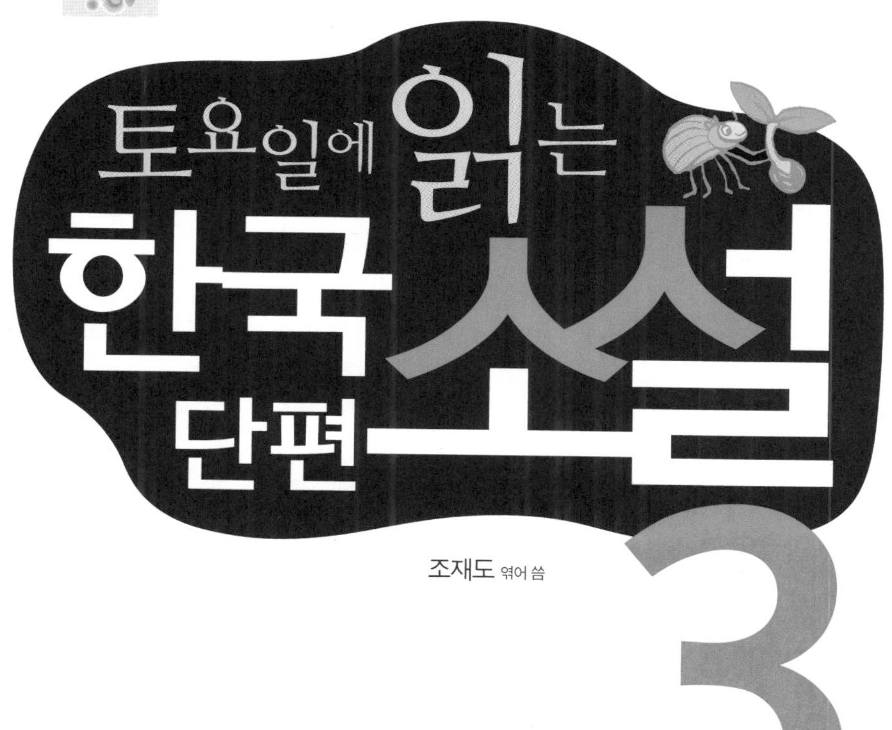

토요일에 읽는 한국 단편 소설 3

조재도 엮어 씀

작은숲

1

이 책은 지난 2010년에 나온 『조재도 선생님의 살아 있는 문학교실』 개정판입니다. 개정판을 내게 된 까닭은 출판사가 바뀌었고, 또 처음 한 권에 열 세 작품이 실려 있어 학생들이 읽기에 너무 두껍다는 지적이 있어서입니다. 따라서 책의 제목도 『토요일에 읽는 한국단편소설』로 바꾸고, 각 권에 다섯 작품씩 네 권에 나누어 실었습니다.

나는 학생들이 현진건이나 이효석 같은 사람 정도는 알았으면 하는 마음에서, 그도 아니면 「운수 좋은 날」이나 「메밀꽃 필 무렵」 같은 소설 제목만이라도 알았으면 하는 마음에서 이 책을 내기로 하였습니다. 이 책은 초등학교 고학년 이상이면 누구나 읽어도 좋을 것입니다.

2

나는 이 책을 내면서 다음 두 가지를 염두에 두었습니다.

하나는 한국 단편소설을 학생들이 흥미 있게 접하고 읽기 편하도록

머리말

했습니다. 작품마다 감상 포인트와 핵심정리, 등장인물 소개를 제시한 것도 그런 이유에서였습니다. 또 낱말 뜻과 필요한 부분에 대한 설명을 마치 수업 시간에 선생님에게 설명을 듣는 것처럼 한 것도 그런 이유에서였습니다.

다른 하나는 과거에 씌어진 작품에 대해 현재적 의미를 부여하려고 하였습니다. 이는 주로 작품을 읽고 난 후 하게 되는 '독후 활동' 을 통해 이루어지는데, 주옥같은 문학 작품들이 '지금 오늘' 을 사는 우리들에게 어떤 의미로 다가올 수 있는가를 생각해 보자는 것입니다. 이 말은 거꾸로 왜 우리는 '옛날' 에 씌어진 작품을 찾아 읽어야 하는가, 하는 물음에 대한 답이 되기도 할 것입니다.

청소년기는 신체와 두뇌와 감성이 급격히 발달하면서 '나는 누구인가?' (자아정체성) '어떻게 살 것인가?' 를 고민하게 되는 시기입니다. 이러한 때에 올바른 자아를 형성하고 행복한 삶으로 이끄는 활동으로

'독서'가 중시되고 있습니다. 특히 한국 단편소설을 읽는 것은 작품 속에 녹아 있는 우리 민족의 생활 정서를 직접 체험해 보고, 소설 속 다양한 인물들의 삶을 통해 자기 삶의 방향을 모색해 보는 일이 될 것입니다.

나는 이 책이 국어 공부를 하는 학생들에게 읽기 학습자료로 활용되었으면 좋겠습니다. 큰 부담 없이 읽기만 해도 공부가 되는 책으로 만들고 싶었기 때문입니다. 또 학습에 도움이 되는 배경지식을 넓힐 수 있을 뿐만 아니라, 문학적 교양을 쌓는 데도 도움이 되었으면 합니다.

2015년 3월

조재도

일러두기

1. 본문은 표준어 규정 및 한글 맞춤법에 따르되, 작가만의 특이한 말이나 표준어 또는 표준어가 없는 방언이나 속어는 그대로 썼습니다.
2. 대화에서는 방언이나 속어 및 구어를 살렸으며, 현대어 표기법에 맞추었습니다.
3. 띄어쓰기는 현대어 표기법에 맞도록 통일하였습니다.
4. 문단 나누기는 원전을 살리되, 읽기 불편한 곳은 적절하게 조절했습니다.
5. 이해하는 데 꼭 필요한 단어는 단어 밑에 작은 글씨로 그 뜻을 표기했습니다.
6. 작품을 이해하는 데 중요한 문단이나 구절은 본문에 표시를 하고 번호를 매겨 페이지 하단에 설명을 달았습니다.
7. 발단-전개-위기-절정-결말 등 작품 이해 및 학습에 도움을 주고자 소설 전개순서에 따라 표기하였습니다.
8. 「　」는 단편소설을『　』는 단행본으로 나온 책을 표시하였습니다.

차례

이 소설은 '역마살'이라는 무속을 소재로 한국인의 집단무의식을 나타내고 있다. 이 소설에서 체 장수 영감과 성기는 역마살이 낀 인물들이다. 주인공인 성기의 역마살은 외할아버지인 체 장수 영감에게서 비롯된 것으로, 그것으로 인해 성기와 계연의 결혼은 불가능해진다.

이 소설에서 주된 갈등은 역마살을 제거하려는 인간들의 노력과 운명적인 역마살과의 갈등이다. 역마살을 타고난 성기는 사랑하는 계연과 결혼하여 정착하려 하지만, 운명은 그를 죽음과 유랑의 길 중 어느 하나만을 강요한다. 여기서 성기가 유랑을 택한 것은 현실적으로 운명에의 패배를 뜻하지만, 그 내면에서는 한국인의 의식 속에 담긴 극기의 의지가 내포되어 있다.

김동리

역마

• 역마살 한 곳에 머물지 못하고 이리저리 떠돌아다녀야 하는 액운.

핵심정리

갈래 단편소설, 순수소설
배경 시간 : 명확하지 않음
공간 : 전라 · 경상도 경계 지역인 화개 장터
시점 3인칭 전지적 작가 시점
주제 '화개장터'를 배경으로 하여 '인생'과 '길'의 유사성을 보여 줌

화개장터[1]의 냇물은 길과 함께 흘러서 세 갈래로 나 있었다. 한 줄기는 전라도 구례(求禮) 쪽에서 오고 한 줄기는 경상도 쪽 화개협(花開峽)에서 흘러 내려, 여기서 합쳐서, 푸른 산과 검은 고목 그림자를 거꾸로 비치인 채, 호수같이 조용히 돌아, 경상 전라 양도의 경계를 그어주며, 다시 남으로 남으로 흘러내리는 것이, 섬진강(蟾津江) 본류(本流)였다.

하동(河東), 구례, 쌍계사(雙磎寺)의 세 갈래 길목이라 오고가는 나그네로 하여, '화개장터' 엔 장날이 아니라도 언제나 흥성거리는 날이 많았다. 지리산(智異山)들어가는 길이 고래로(예로부터) 허다하지만, 쌍계사 세이암(洗耳岩)의 화개협 시오 리를 끼고 앉은 '화개장터' 의 이름이 높았다. 경상 전라 양 도 접경이 한두 군데일 리 없지만 또한 이 '화개장터' 를 두고 일렀다. 장날이면 지리산 화전민(火田民)들의 더덕, 도라지, 두릅, 고사리들이 화갯골에서 내려오고 전라도

등장인물

이 소설에는 성기, 옥화, 계연, 체 장수가 등장한다.
성기는 화개장터 주막집 옥화의 아들로 역마살을 타고난 인물이다.
계연에게 사랑의 감정을 느끼나 자기 이모임을 알고 자신의 팔자소관에
따라 장돌뱅이로 나선다. 옥화는 주막집 주인이자 성기의 어머니이다.
계연을 며느리로 맞아들이려 했으나 자기 동생임을 알고 단념한다.
계연은 체 장수 영감이 나이 50이 넘어 낳은 딸. 옥화의 이복동생으로
성기를 사랑하나 사랑을 이루지 못하고 아버지를 따라 떠난다.
체 장수는 계연의 아버지이다. 역마살이 낀 인물로 36년 전
옥화의 어머니와 관계한 일이 있다.

황아장수[2]들의 실, 바늘, 면경, 가위, 허리끈, 주머니끈, 족집게 골백분들이 또한 구렛길에서 넘어오고 하동 길에서는 섬진강 하류의 해물 장수들이 김, 미역, 청각, 명태, 자반조기, 자반고등어들이 올라오곤 하여 산협(山峽)치고는 꽤 은성한 장이 서는 것이기도 했으나, 그러나 화개장터의 이름은 장으로 하여서만 있는 것이 아니었다.

청각 김장 때 김치의 고명으로 쓰거나 무쳐 먹는다.

장이 서지 않는 날일지라도 인근(隣近) 고을 사람들에게 그곳이 그렇게 언제나 그리운 것은, 장터 위에서 화갯골로 뻗쳐 앉은 주막마다 유달리 맑고 시원한 막걸리와 펄펄 살아 뛰는 물고기의 회를

1 '화개장터'는 이 소설의 공간적 배경으로, 역마살이 낀 장돌뱅이들이 살아가는 곳임.
2 온갖 잡화를 등에 지고 다니며 파는 장사.

먹을 수 있기 때문인지도 몰랐다. 주막 앞에 늘어선 능수버들 가지 사이사이로 사철 흘러나오는 그 한(恨) 많고 멋들어진 춘향가, 판소리, 육자배기들이 있기 때문인지도 몰랐다. 게다가 가끔 전라도 지방에서 꾸며 나오는 남사당 여사당 협률(協律)창극 신파 광대들이 마지막 연습 겸 첫 공연으로 여기서 으레 재주와 신명을 떨고서야 경상도로 넘어간다는 한갓 관습과 전례(전해 내려오는 예)가 이 '화개장터'의 이름을 더욱 높이고 그립게하는 것인지도 몰랐다.

가운데도 옥화(玉花)네 주막은 술맛이 유달리 좋고 값이 싸고 안주인 — 즉 옥화 — 의 인심이 후하다 하여 화개장터에서는 가장 이름이 들난 주막이었다, 얼마 전에 그 어머니가 죽고 총각 아들 하나와 단 두 식구만으로 안주인 옥화가 •돌아올 길 망연한 남편[3]을 기다리며 살아간다는 것이라 하여 그들은 더욱 호의와 동정을 기울이는 것인지도 몰랐다. 혹 노자가 딸린다거나 행장이 불비할 때 그들은 으레 옥화네 주막을 찾았다.

"나 이번에 경상도서 돌아올 때 함께 회계(계산)하지 라오."

그들은 예사로 이렇게들 말하곤 하였다.

체 가루를 곱게 치거나 액체를 거르는 데 사용하는 기구.

늘어진 버드가지가 강물에 씻기우고, 저녁놀에 은어가 번득이고 하는 여름철 석양 무렵이었다.

나이 예순도 훨씬 더 넘어 뵈는 늙은 체* 장수 하나가, 쳇바퀴와 바닥 감들을 어깨에 걸머진 채 손

3 역마살이 끼었기 때문.

옥화와 성기가 주막집을 하던 화개장터도 북적거리는 시골 장터였다.

에는 지팡이와 부채를 들고 •옥화네 주막을 찾아왔다.[4] 바로 그 뒤에는 나이 열대여섯 살쯤 나 뵈는 몸매가 호리호리한 소녀 하나가 조그만 보따리를 옆에 끼고 서 있었다. 그들은 무척 피곤해 보였다.

"저 큰애기까지 두 분입니까?"

옥화는 노인보다 '큰애기'의 얼굴을 바라보며 이렇게 물었다. 노인은 조용히 고개를 끄덕였다.

그날 밤 저녁상을 물린 뒤 노인은 옥화에게 인사를 청했다. •살기는 구례에 사는데 이번엔 경상도 쪽으로 벌이를 떠나온 길이라 하였다. 본시 여수(麗水)가 고향인데 젊어서 친구를 따라 한때 구례에 와서도 살다가, 그 뒤 목포로 광주로 전전하였고, 나중 진도(珍島)로 건너가 거기서 열 일여덟 해 사는 동안 그만 머리털까지 세어져서는, 그래 몇 해 전부터 도로 구례에 돌아와 사는 것이라 하였다.[5]

그렇지만 저런 큰애기를 데리고 어떻게 다니느냐고 옥화가 묻는 말에 그렇잖아도 이번에는 죽을 때까지 아무데도 떠나지 않으려고 했던 것인데, 떠나지 않고는 두 식구가 가만히 굶을 판이라 할 수 없었던 것이라 하였다.

"그럼, 저 큰애기는 하라부지 딸입니까?"

옥화는 '남폿불' 그림자가 반쯤 비낀 바람벽 구석에 붙어 앉아 가끔 그 환한 두 눈을 떠서 이쪽을 바라보곤 하는 소녀의 동그스름한 어깨를 바라보며 이렇게 물었다.

노인은 또 고개를 끄덕였다. 그리 평생 객지로만 돌아다니고 나니 이제 고향 삼아 돌아온 곳(求禮)이래야 또한 객지라 그들 아비·딸이 어디다 힘을 입고 살아가야 할는지 아무데도 의탁할 곳이 없다고 그들의 외로운 신세를 한탄도 했다.

"나도 젊었을 때는 노는 것을 좋아했지라오. 동무들과 광대도 꾸며 갖고 댕겨 봤는디, 젊어서 한 번 바람 들어 놓게 평생 못 가기 마련이랑게…… 그것이 스물 네 살 때 정초닝께 꼭 서른여섯 해 전일 것이여, 바로 이 장터에서도 하룻밤 논 일이 있었지라오."

노인은 조용히 추억의 실마리를 더듬는 듯, 방안을 두리번거리며 살펴보곤 하는 것이었다.

"어이유! 참 오래 전일세!"

옥화는 자못 놀라운 시늉이었다.

이튿날은 비가 왔다.

발단 체 장수 영감이 딸 계연을 옥화에게 맡기고 장사를 떠남

화개 장날만 책전을 펴는 성기(性騏)는 내일 장 볼 준비도 할 겸 하루를 앞두고 절에서 마을로 내려오고 있었다.

쌍계사에서 화개장터까지는 시오 리가 좋은 길이라 해도, 굽이굽이 벌어진 물과 돌과 산협(산골짜기)의 장려한(웅장하고 화려한) 풍경이 언제 보나 그에게 길 멀미를 내지 않게 하였다.

처음엔 글을 배우러 간다고 할머니에게 손목을 끌리다시피 하여 간 곳이 절이었고, 그 다음엔 손윗 동무들의 사랑에 끌려다니다시피쯤 하여 왔지만, 이즘(요즘) 와서는 매일같이 듣는 북소리, 목탁 소

4 새로운 사건 발생을 암시함.

5 인생 유전, 역마살이 끼었음을 나타냄.

염주나무

리, 그리고 그 경을 치게 희맑은 은행나무, 염주나무(보리수), 이런 것까지 모두 싫증이 났다.

•당초부터 어디로 훨훨 가 보고나 싶던 것이 소망이었지만, 그러나 어디로 간다는 건 말만 들어도 당장에 두 눈이 시뻘게져서 역정을 내는 어머니였다.[6]

"서방이 있나, 일가친척이 있나, 너 하나만 믿고 사는 이년의 팔자에 너조차 밤낮 어디로 간다고만 하니 난 누굴 믿고 사나?"

어머니의 넋두리는 인제 귀에 못이 박일 정도였다.

이러한 어머니보다도 차라리, 열 살 때부터 절에 보내어 중질을 시켰으니, 인제 역마살(驛馬煞)도 거진다 풀려 갈 것이라고 은근히 마음을 늦추시는 편이던 할머니는, 그러나 갑자기 세상을 떠나 버렸다. 당사주면 다시는 더 사족을 못 쓰던 할머니는, 성기가 세 살 났을 때 보인 그의 사주에 시천역(時天驛)이 들었다 하여 한때는 얼마나 낙담을 했던 것인지 모른다. 하동 산다는 그 키가 나지막한 명주 치마저고리를 입은 할머니가 혹시 갑자 을축을 잘못 짚지나 않았나 하여, 큰절(쌍계사를 가리킴)에 있는 어느 노장에게도 가 물어 보고 지리산 속에서 도를 닦아 나온다던 어떤 키 큰 영감에게도 다시 뵈어 봤지만 시천역엔 조금도 요동이 없었다.

"천성 제 애비 팔자를 따라 갈려는 게지."

할머니가 어머니를 좀 비꼬아 하는 말이었으나 거기 깊은 원망이 든 것도 아니었다. 그러나 이런 말엔 각별나게 신경을 쓰는 옥화는,

"부모 안 닮는 자식 없단다. 근본은 다 엄마 탓이지."

•도리어 어머니에게 오금을 박고 들었다.[7]

"이년아 에미한테 너무 오금박지 마라. 남사당을 붙었음, 너를 버리고 내가 그놈을 찾아갔냐, 너더러 찾아 달라 성화를 댔냐?"

그러나 서른여섯 해 전에 꼭 하룻밤 놀다 갔다는 젊은 남사당의 진양조 가락에 반하여 옥화를 배게 된 할머니나, 구름같이 떠돌아다니는 중과 인연을 맺어 성기를 가지게 된 옥화나 다같이 '화개장터' 주막에 태어났던 그녀들로서는 별로 누구를 원망할 턱도 없는 어미 딸이었다. •성기에게 역마살이 든 것은 어머니가 중 서방을 정한 탓이요, 어머니가 중 서방을 정한 것은 할머니가 남사당에게 반했던 때문이라면 성기의 역마 운도 결국은 할머니가 장본이라, 이에 할머니는 성기에게 중질을 시켜서 살을 떼려고도 서둘러 보았던 것이고, 중질에서 못다 푼 살을, 이번에는, 옥화가 그에게 책장사라도 시켜서 풀어 보려는 속셈인 것이었다.[8]

남사당패

성기로서도 불경(佛經)보다는 암만해도 이야기책에 끌리는 눈치요, 중질보다는 차라리 장사라도 해보고 싶다는 실토이기도 하여, 그러나 옥화는 꼭 화개장만 보기로 다짐까지 받은 뒤, 그에게 책전을 내어 주기로 했던 것이었다.

성기가 마루 앞 축대 위에 올라서는 것을 보자 옥화는 놀란 듯이 자리에서 일어나 앉으며,

---

6 이 소설의 중심적 갈등이 나타나 있음.

7 '오금박다'는 남의 잘못을 꼼짝 못 하게 공격한다는 뜻.

8 작가의 직접적인 해설 부분.

"더운데 왜 인저사 내려오나?"

곁에 있던 수건과 부채를 집어 그에게 주었다.

지금까지 옥화에게 이야기책을 읽어 들려주고 있은 듯한 낯선 계집애는, 책 읽던 것을 멈추고 얼굴을 들어 성기를 바라보았다. 갸름한 얼굴에 흰자위 검은자위가 꽃같이 선연한 두 눈이었다. 순간 성기는 가슴이 찌르르하며, 갑자기 생기 띠어진 눈으로 집 앞에 늘어선 버들가지를 바라보았다.

계집애는 안으로 들어가고, 옥화는 성기의 점심상을 차려 들고 나와서,

"체 장수 딸이다."

하였다. •어머니도 즐거운 얼굴이었다.[9]

"체 장수라니?"

성기는 밥상을 받은 채, 그러나 얼른 숟가락을 들지도 않고, 그의 어머니의 얼굴을 쳐다보았다.

"구례 산다더라. 이번에 어쩌면 하동으로 해서 진주 쪽으로 나가 볼 참이라는데 어제 저녁에 화갯골로 들어갔다."

그리고 저 딸아이는 그 체장수의 무남 독녀인데 영감이 화갯골 쪽으로 들어갔다 나와서 하동 쪽으로 나갈 때 데리고 가겠다고 하도 간청을 하기에 그 동안 좀 맡아 있어 주기로 했다면서, 옥화는 성기의 눈치를 살피듯 그의 얼굴을 물끄러미 바라보았다.

"화갯골에서는 며칠이나 있겠다던고?"

"들어가 보고 재미나면 지리산 쪽으로 깊이 들어가 볼 눈치더라."

그리고 나서 옥화는 또,

"그래도 그런 사람의 딸같이는 안 뫼지?"

하였다. 계연(契姸)이란 이름이었다.

성기는 잠자코 밥숟가락을 들었다. 그러나 밥은 반도 먹지 않고 상을 물려 버렸다.

이튿날 성기가 책전에 있으려니까, 그 체장수 딸이 그의 점심을 이고 왔다. 집에서 장터까지래야 소리 지르면 들릴 만한 거리였지만, 그래도 전날 늘 이고 다니던 '상돌 엄마'가 있을 터인데 이렇게 벌써 처녀티가 나는 남의 큰애기('처녀'의 방언(전남, 충남))더러 이런 사환을 시켜 미안하단 생각이 들었다. 그러나 정작 그녀 쪽에서는 그러한 빛도 없이, 그 꽃송이같이 화안한 두 눈에 웃음까지 담은 채, 그의 앞에 밥함지를 공손스레 놓고는, 떡과 엿과 참외들을 팔고 있는 음식전 쪽으로 곧장 눈을 팔고 있었다.

"상돌 엄만 어디 갔는듸?"

성기는 계연의 그 아리따운 두 눈에서 흥건한 즐거움을 가슴으로 깨달으며, 그러나 고개는 엉뚱한 방향으로 돌린 채, 차라리 거칠은 음성으로 이렇게 물었다.

"손님이 마루에 가뜩 찼는디 상돌 엄마가 혼자사 바삐 서두닝께 어머니가 지더러 갖고 가라 했어라오."

그 동안 거의 입을 열어 말하는 일이 없었던 계연은 성기가 묻는 말에, 의외로 생경한(낯설은) 전라도 쪽 토음(사투리)으로 이렇게 말했다. 그 가냘프고 갸름한 어깨와 목하며, 어디서 그렇게 힘차고 괄괄한 음성이 울

---

9 계연과 성기를 결혼시켜 성기의 역마살을 잠재울 수 있기 때문에.

려 나오는 것인지 알 수가 없었다. 한 줌이나 될 듯한 가느다란 허리와 호리호리한 몸매에 비하여 발달된 팔다리와 토실토실한 두 손등과 조그맣게 도톰한 입술을 가진 탓인지도 몰랐다.

"계연아, 오빠 세수물 놔 드려라."

이튿날 아침에도 옥화는 상돌 엄마를 부엌에 둔 채 역시 계연에게 성기의 시중을 들게 하였다. 세수물을 놓는 일뿐 아니라 숭늉 그릇을 들고 다니는 것이나, 밥상을 차려 오는 것이나, 수건을 찾아 주는 것이나, 성기에 따른 시중은 모조리 그녀로 하여금 들게 하였다. 그리고,

"아이가 맘이 컴컴치 않고, 인정이 있고, 얄미운 데가 없어."

옥화는 자랑 삼아 이런 말도 하였다.

"저의 아버지는 웬일인지 반 억지 비슷하게 그저 곧장 나만 믿겠다고, 아주 양딸처럼 나한테다 맡기구 싶은 눈치더라만……"

옥화는 잠깐 말을 끊어서 성기의 낯빛을 살피고 나서,

"그래, 너한테도 말을 들어 봐야겠고 해서 거저 대강 들을 만하고 있었잖냐…… 언제 한번 데리고 가서 칠불(七佛) 구경이나 시켜 줘라."

하는 것이, 흡사 성기의 동의를 구하는 모양 같기도 하였다.

그리고 나서 옥화는 계연의 말을 옮겨, 구례 있는 저의 집이래야 구례읍에서 외따로 떨어진 무슨 산기슭 밑에 이웃도 없이 있는 오막살인가 보더라고도 하였다.

"그럼 살림은 어쩌고 나왔을까?"

"살림이래야 그까진 거 머 방문에 자물쇠 채워 두었으면 그만

아냐, 허지만 그보다도 나그넷 길에 데리고 나선 계연이가 걱정이지.”

이러한 옥화의 말투로 보아서는 체 장수 영감이 화갯골에서 나오는 대로 계연을 아주 양딸로 정해 둘 생각인 듯이도 보였다. 다만 성기가 꺼릴까 보아 이것만을 저어하는(두려워하는) 눈치 같았다. 지금까지 몇 번이나 옥화는 성기더러 장가를 들라고 권했으나 그는 응치 않았고, 집에 술파는 색시를 몇 차례나 두어도 보았지만 색시 쪽에서 간혹 성기에게 말썽을 내인 적은 있어도 성기가 색시에게 그러한 마음을 두는 일은 한 번도 있은 적이 없어 이러한 일들로 해서, 이번에도 옥화는 그녀로 하여금 성기의 미움이나 받지 않게 할 양으로, 그녀의 좋은 점만 이야기하는 듯한 눈치 같기도 하였다.

아랫집 실과가게(생필품 가게)에서 성기가 짚신 한 켤레를 사들고 오려니까 옥화는 비죽이 웃는 얼굴로 막걸리 한 사발을 그에게 떠 주며,

“오늘 날씨가 너무 덥잖냐?”

고 하였다. 술 거를 때 누구에게나 맛뵈기 떠 주기를 잘하는 옥화였다. 계연이는 방에서 옷을 갈아입고 있었다.

“계연아, 너도 빨리 나와, 목마를 텐데 미리 좀 마시고 가거라.”

옥화는 방을 향해서도 이렇게 소리를 질렀다.

항라 적삼*에 가는 삼베치마를 갈아입고 나오는 계연은 그 선연한 두 눈의 흰자위

적삼 저고리 모양의 윗도리에 입는 홑옷

검은자위로 인하여 물에 어리인 한 송이 연꽃이 떠오는 듯하였다.

"꼭 스무 해 전에 내가 입었던 거다."[10]

옥화는 유감(有感)한 듯이 계연의 옷맵시를 살펴 주며 말했다.

"어제 꺼내서 품을 좀 줄여 놨더니만 청승스리 맞는고나, 보기 보단 품을 여간 많이 입잖는다, 이앤……. 자, 얼른 마셔라, 오빠 있음 어때, 음식에 무슨 내외할 사이냐?"

그러자 계연은 웃는 얼굴로 술잔을 받아 들고 방으로 들어가 마시고 나오는 모양이었다.

성기는 먼저 수양 버드나무 밑에 와서 새 신발에 물을 축이었다. 계연이도 곧 뒤를 따라 나섰다. 어저께 성기가 칠불암(七佛庵)까지 책값 수금 관계로 좀 다녀올 일이 있다고 했더니, 옥화가 그러면 계연이도 며칠 전부터 산나물을 캐러 간다고 벼르는 중이고 또 칠불암 구경[11]은 어차피 한번 시켜 주어야 할 게고 하니, 이왕이면 좀 데리고 가잖겠느냐고 하였다.

성기는 가슴도 좀 뛰고, 그래서 나물을 내가 어떻게 아느냐고 싫다고 했더니, 너더러 누가 나물까지 캐라느냐고, 앞에서 길만 끌어 주면 되잖느냐고 우기어, 기승한(억척스런) 어머니에게 성기는 더 항변을 못하고 말았던 것이다.

성기는 처음부터 큰길을 버리고 사람이 잘 다니지 않는 수풀 속 산길을 돌아가기로 하였다. 원체가 지리산 밑이요, 또 나뭇길도 본디부터 똑똑히 나 있지 않는 곳이라, 어려서부터 자라난 고장이라곤 하지만 울울한 수풀 속에서 성기는 몇번이나 길을 잃은 채 해매곤 하였다.

쳐다보면 위로는 하늘을 찌를 듯한 높은 산봉우리요, 내려다보면 발아래는 바다같이 뿌우연 수풀뿐, 그 위에 흰 햇살만 물줄기처럼 내리 퍼붓고 있었다. 머루, 다래, 으름은 이제 겨우 파랗게 맹아리져 있고, 가지마다 새빨간 복분자(나무딸기), 오디(산뽕나무의 열매)는 오히려 철이 겨운(지난) 듯 한 머리 까맣게 먹물이 돌았다.

으름

성기는 제 손으로 다듬은 퍼런 아가위나무 가지로 앞에서 칡덩굴을 헤쳐 가며 가고 있는데, 계연은 두릅을 꺾는다, 딸기를 딴다, 하며 자꾸 혼자 처지곤 하였다.

아가위나무

"빨리 오잖고 뭘 하나?"

성기가 걸음을 멈추고 서서 나무라면, 계연은 딸기를 따다 말고, 두릅을 꺾다 말고 조그맣고 도톰한 입술을 꼭 다물고는 뛰어오는 것인데, 한참만 가다 보면 또 뒤에 떨어지곤 하였다.

"아이고머니 어쩔꺼나!"

갑자기 뒤에서 계연이가 소리를 질렀다. 돌아다보니 떡갈나무 위에서, 가지에 치맛자락이 걸려 있다. 하필 떡갈나무에는 뭣하러 올라갔을까고, 곁에 가 쳐다보니, 계연의 손이 닿을 만한 위치에 그 아래쪽 딸기나무 가지가 넘어와 있다. 딸기나무에는 가시가 있고 또 비탈에서 있어 올라갈 수가 없으니까, 그 딸기나무와 가지가 서로

10 등장인물(체 장수와 옥화, 성기와 계연) 간의 혈연관계의 개연성을 드높여주는 구실을 하는 대화임.

11 성기와 계연이 서로 좋아하게 되는 계기가 됨.

얽힌 떡갈나무 쪽으로 올라간 모양이었다. 몸을 구부려 손으로 치맛자락을 벗기려면 간신히 잡고 서 있는 윗가지에서 손을 놓아야 하겠고, 손을 놓았다가는 당장 나무에서 떨어질 형편이다. 나무 아래서 쳐다보니 활짝 걷어 올려진 베치다 속에, 정강마루까지를 채 가리지 못한 짤막한 베고의가 훤한 햇살을 받아 그 안의 뽀오얀 것을 그대로 보여 주고 있었다.

성기는 짚고 있던 생나무 지팡이로 치맛자락을 벗겨 주려 하였으나, 지팡이가 짧아서 그렇겠지만 제 자신도 모르게 지팡이 끝은 계연의 그 발가스레하고 매초롬한 종아리만을 자꾸 건드리고 있었다.

"아이 싫어! 남(나무)에서 떨어진당게!"

계연은 소리를 질렀다. 게다가 마침 다람쥐란 놈까지 한 마리 다래 넌출 위로 타고 와서, 지금 막 계연이가 잡고 서 있는 떡갈나무 가지 위로 건너뛰려 하고 있다.

"아 곧 떨어진당게! 그 막대로 저 다램이나 때려줬음 쓰것는듸."

계연은 배 아래를 거진 햇살에 훤히 드러내인 채 있으면서도 다래 넌출 위에서 이쪽을 건너다보고 그 요망스런 턱주가리를 쫑긋거리고 있는 다람쥐가 더 안타까운 모양으로 또 이렇게 소리를 질렀다.

"요놈의 다램이가……."

성기는 같은 나무 밑둥치에까지 올라가서야 겨우 계연의 치맛자락을 벗겨 주고, 그러고는 막대로 다시 조금 전에 다람쥐가 앉아 있던 다래 넌출도 한번 툭 쳤다. 이 소리에 놀랐는지 산비둘기 몇 마리가 푸드득 하고 아래쪽 머루 넌출 위로 날아갔다.

"샘물이 있어야 쓰겄는듸."

계연은 치맛자락을 걷어 올려 이마의 땀을 씻으며 이렇게 말했다.

모롱이(산모퉁이)를 돌아 새로운 산줄기를 탈 때마다 연방 더 우악스런 멧부리(산봉우리)요, 어두운 수풀을 지나 환하게 열린 하늘을 내다볼 때마다 바다같이 질펀한 골짜기에 차 있느니 머루, 다래 넌출이오, 딸기, 칡의 햇덩굴이다. 산 속으로 들어갈수록 여기저기서 난장판으로 뻐꾸기들은 울고 이따금씩 낄낄거리고 골을 건너 날아가는 꿩 울음소리마저 야지(들녘)의 가을벌레 소리 듣는 듯 신산(괴로움, 고통)을 더했다.

해는 거진 하늘 한가운데를 돌아 바야흐로(점점 더) 머리에 불을 끼얹고, 어두운 숲 그늘 속에는 해삼 같은 시꺼먼 달팽이들이 허연 진물을 토한 채 땅에 붙어 늘어졌다.

덤불딸기

햇살이 따갑고, 땀이 흐르고, 목이 마를수록 성기들은 자꾸 넌출 속으로만 들짐승들처럼 파묻히었다. 나무딸기, 덤불딸기•, 산복숭아, 아가위, 오디, 손에 닿는 대로 따서 연방 입에 가져가지만 입에 넣으면 눈 녹듯 녹아질 뿐, 떨적지근한 침을 삼키면 그만이었다. 간혹 이에 걸린다는 것이 아직 익지 않은 산복숭아, 아가위 따위인데, 딸기 녹은 침물로는 그 쓰고 떫은 것마저 사양 없이 씹어 넘겼다. 처음엔 입술이 먼저 거멓게 열매 물이 들었고, 나중엔 온 볼에까지 묻어졌다. 먹을수록 목이 마른 딸기를 계연은 그 새파란 산복숭아•서껀[12], 둥그런 칡잎으로 하나 가득 따서 성기에게 주었다. 성기는 두 손바닥 위에다 그것을 받아서는 고개를 수그려 물

12 '서껀'은 조사로 다른 여럿 가운데 섞여 있음을 나타냄.

을 먹듯 입을 대어 먹었다. 먹고 난 칡잎은 아무렇게나 넌출 위로 던져 버린 채 칡넌출이 담뿍 감겨 있는 다래 덩굴 위에 비스듬히 등을 대이고 누웠다.

'넝쿨'의 방언(전라도)

계연은 두 번째 또 칡잎의 것을 성기에게 주었다. 성기는 성가신 듯이 그냥 비스듬히 누운 채 그것을 그대로 입에 들이부어 한입 가득 물고는 나머지를 그냥 넌출 위로 던졌다. 그리고 그는 곧 코를 골기 시작하였다.

세 번째 칡잎에다 딸기 알, 머루 알을 골라 놓은 계연은 그러나 성기가 어느덧 잠이 들어 있음을 보자 아까 성기가 하듯 하여 이번엔 제가 먹어 치웠다.

"참 잘도 잔당게."

계연은 혼잣말로 중얼거리며 자기도 다래 덩굴에 등을 대이고 비스듬히 드러누워 보았으나 곧 재채기가 났다. 목이 몹시 말랐다. 배도 고팠다. 갑자기 뻐꾸기 소리가 무서웠다.

"덩굴 속에는 샘물이 없는가?"

계연은 덩굴을 헤치고 한참 들어가다 문득 모과나무 가지에 이리저리 얽히고 주렁주렁 열린 으름 덩굴을 발견하였다.

"이것이 익어 있음 쓰겄는듸."

계연은 이렇게 중얼거리며 아직도 파아란 오이를 만지듯 딴딴하고 우들우들한 으름을 제일 큰 놈으로만 세 개를 골라 따 쥐었다. 그리하여 한나절 동안 무슨 열매든지 손에 닿는대로 마구 따 입에 넣곤 하던 버릇으로 부지중 입에 가져가 한 번 덥석 물어 떼었더니 이내 비릿하고 떫직스레한 풀 같은 것이 입에 하나 가득 끼었다.

"아, 풋내 나!"

계연은 입안의 것을 뱉고 나서 성기 곁으로 갔다. 해는 벌써 점심 때도 겨운 듯 갈증과 함께 시장기도 들었다.

"일어나 샘물 찾아 가장게."

계연은 성기의 어깨를 흔들었다.

성기는 눈을 떴다.

계연은 당황하여 쥐고 있던 새파란 으름 두 개를 성기의 코끝에 내어 밀었다. 성기는 몸을 일으켜 그녀의 둥그스름한 어깨와 목덜미를 껴안았다. 그리고는 입술이 포개졌다.

그녀의 조그맣고 도톰한 입술에서는 한나절 먹은 딸기, 오디, 산복숭아, 으름들의 달짝지근한 풋내와 함께, 황토 흙을 찌는 듯한 향긋하고 고소한 고기(肉)냄새가 느껴졌다.

•까악까악하고 난데없는 가마귀(까마귀) 한 마리[13]가 그들의 머리 위로 울며 날아갔다.

"칠불은 아직 멀지라?"

계연은 다래덩굴에 걸어 두었던 점심을 벗겨 들었다.

전개 성기와 계연이 서로 사랑하게 됨

화갯골로 들어간 체 장수 영감은 보름이 넘도록 돌아오지 않았다. 떠날 때 한 말도 있고 하니 지리산 속으로 아주 들어간 모양이라고, 옥화와 계연은 생각하고 있었다.

---

13 성기와 계연의 사랑이 순탄치 않음을 나타내는 복선.

"산중에서 아주 여름을 내시는 갑네."

옥화는 가끔 이런 말도 하였다. 그리고 그들은 끈기 있게 이야기 책을 들고 앉곤 하였다. 계연의 약간 구성진 전라도 지방 토음은 날이 갈수록 점점 더 맑고 처량한 노랫조를 띠어 왔다.

그 동안 옥화와 계연의 사이에 생긴 새로운 사실이있다면, 옥화가 계연의 왼쪽 귓바퀴 위에 있는 조그만 사마귀 한 개를 발견한 것쯤이었다.[14]

참빗 빗살이 아주 가늘고 촘촘한 빗.

어느 날 아침, 그녀의 머리를 빗어 땋아 주고 있던 옥화는 갑자기 정신을 잃은 사람처럼 참빗 쥔 손을 부들부들 떨고 있었다.

"어머니 왜 그리여?"

계연이 놀라 물었으나 옥화는 그녀의 두 눈만 멀거니 바라보고 있을 따름 말이 없었다.

"어머니 왜 그러시여?"

계연이 또 한번 물었을 때, 옥화는 겨우 정신이 돌아오는 듯, 긴 한숨을 내쉬며,

"아무 것도 아니다."

하고, 다시 빗질을 시작하는 것이었다.

계연은 속으로 이상한 생각이 들었으나 아무 것도 아니라는 옥화에게 다시 더 캐어물을 도리도 없었다.

이튿날 옥화는 악양(岳陽)에 볼일[15]이 좀 있어 다녀오겠노라면서 아침 일찌기 머리를 빗고 떠났다. 성기는 큰방에서 낮잠을 자고 있었다. 소나기가 왔다. 계연이가 밖에서 빨래를 걷어안고 들어

오면서,

"어쩔거나, 어머니 비 만나시겄는듸!"

하였다. 그녀의 치맛자락은 바깥의 신선한 비바람을 묻혀다 성기의 자는 낯을 스쳐 주었다. 성기는 눈을 뜨는 결로 손을 뻗쳐 그녀의 치맛자락을 거머잡았다. 그녀는 빨래를 안은 채 고개를 홱 돌이켜 성기의 얼굴을 가만히 바라보았다. 그녀의 두 볼에 바야흐로 조그만 보조개가 패이려 할 때, 밖에서 인기척이 났다.

"어머니 옷 다 젖겄는듸!"

또 한번 이렇게 말하며, 계연은 마루로 나갔다. 성기는 어느덧 또 코를 골기 시작하였다.

성기가 다시 잠이 깨었을 때는, 손님들이 마루에서 막걸리를 마시고 있었다. 계연은 그들의 치다꺼리를 해 주고 있는 모양으로 부엌에서,

"명태랑 풋고추밖엔 안주가 없는듸!"

하고 소리가 났다.

나중 손님들이 돌아간 뒤 성기는 그녀더러,

"어머니 없을 땐 손님 받지 말라고."

약간 볼멘 소리로 이런 말을 하였다.

"허지만 오늘 해 넘김, 이 술은 시어질 것인듸, 그냥두면 어머니 오셔서 화내시지 않을 것이오?"

---

14 계연이 옥화의 이복동생임을 암시.

15 점보는 일.

계연은 성기에게 타이르듯이 이렇게 말했다. 조금 뒤 그녀는 다시 웃는 낯으로 성기 곁에 다가서며,

"오빠, 날 면경(거울) 하나만 사 주시오. 똥그란 놈이 꼭 한 개만 있었음 쓰겄는듸."

하였다. 이튿날이 마침 장날이라 성기는 점심을 가지고 온 그녀에게 미리 사 두었던 조그만 면경 하나와 찰떡을 꺼내 주었다.

"아이고머니!"

면경과 찰떡을 보자, 계연은 놀란 듯이 소리를 질렀다. 그녀는 그 꽃 같은 두 눈에 웃음을 담북 담은 채 몇 번이나 면경을 들여다보곤 하더니, 그것을 품속에 넣고는 성기가 점심을 먹고 있는 곁에 돌아앉아 어느덧 짝짝 소리까지 내며 찰떡을 먹고 있었다.

성기는 남이 보지 않게 전 앞에 사람 그림자가 얼씬할 때마다 자기의 몸을 이리저리 움직여서 그것을 가리워 주었다. 딴은 떡뿐 아니라 참외고 복숭아고 엿이고 유과고 일체 군것을 유달리 좋아하는 그녀의 성미인 듯하였다. 집 앞으로 혹 참외장수나 엿장수가 지나가는 것을 보면 계연은 골무를 깁거나 바늘겨레를 붙이다 말고, 튀어 일어나 그것들이 시야에서 사라질 때까지 멀거니 바라보며 섰곤 하였다.

유과 쌀가루나 밀가루 반죽 조각을 기름에 튀겨 꿀에 바른 과자.

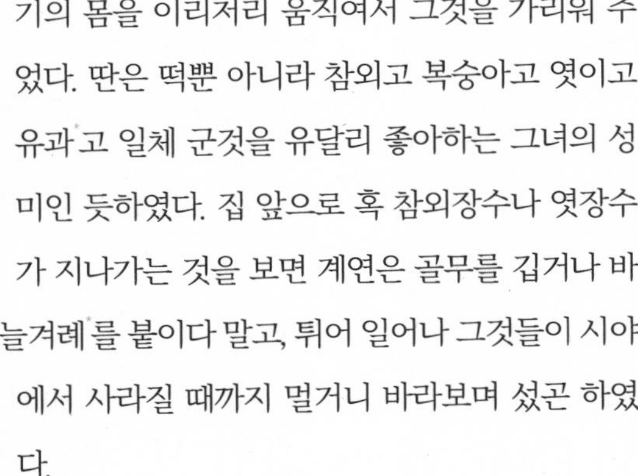

바늘겨레 바늘을 꽂아두는 작은 물건.

한 번은 성기가 절에서 내려오려니까, 어머니는 어디 갔는지 눈에 띄지 않고, 그녀만이 마루 끝에 걸터앉은 채 이웃 주막의 놈팡이 하나와 더불

어 함께 참외를 먹고 있었다. 성기를 보자 좀 무안스러운 듯이 얼굴을 약간 붉히며 곧 일어나 반가운 표정을 지어 보였다.

"아, 오빠!"

"……."

그러나 성기는 그러한 그녀를 거들떠도 보지 않고 그대로 자기의 방으로만 들어가 버렸다. 계연은 먹던 참외도 마루 끝에 놓은 채 두 눈이 휘둥그래서 성기의 뒤를 따라왔다.

"오빠 왜?"

"……."

"응 왜 그리여?"

"……."

그러나 성기는 아무런 대꾸도 없었다. 그녀가 두 팔을 성기의 어깨 위에 얹어, 그의 목을 껴안으려 했을 때, 성기는 맹렬히 몸을 뒤틀어 그녀의 팔을 뿌리치고는 돌연히 미친 것처럼 뛰어들어 따귀를 때리기 시작하였다.

처음 그녀는,

"오빠, 오빠!"

하고 찡그린 얼굴로 성기를 쳐다보며 두 손을 내어밀어 그의 매질을 막으려 하였으나, 두 차례 세 차례 철썩철썩하고, 그의 손이 그녀의 얼굴에 와 닿자 방구석에 가 얼굴을 쿡 처박은 채 얼마든지 그의 •매질[16]에 몸을 맡기듯이 하고 있었다.

16 여기서 '매질' 은 성기의 사랑을 나타냄.

이튿날 장에 점심을 가지고 온 계연은 그 작고 도톰한 입술을 꼭 다문 채, 말이 없었으나, 그의 꽃같이 선연한 두 눈엔 어저께의 일에 깊은 적의도 원한도 품어 있지 않는 듯하였다.

그날 밤 그녀가 혼자 강가에 나와 있는 것을 보고, 성기는 그녀의 뒤를 좇아 나갔다. 하늘엔 별이 파랗게 빛나고 있었으나 나무 그늘은 강가를 칠야같이 뒤덮어 있었다.

"오빠."

계연은 성기가 바로 그녀의 곁에까지 왔을 때 일어나 성기의 턱 앞으로 바싹 다가들어서며 낮은 목소리로 이렇게 불렀다.

"오빠, 요즘은 어쩌자고 만날 절에만 노상 있는 것이여?"

그 몹시도 굴곡이 강렬한 전라도 지방 토음이 이렇게 속삭이었다.

그즈음 성기는 장을 보러 오는 날 이외에는 절에서 일체 내려오지를 않았다. 옥화가 악양 명도(점쟁이)에게 갔다 소나기에 젖어 돌아온 뒤부터는, •어쩐지 그와 그녀의 사이를 전과 달리 경계하는 듯한 눈치라,[17] 본래 심장이 약하고 남의 미움 받기를 유달리 싫어하는 그는, 그러한 어머니에 대한 노여움도 있고 하여 기어코 절에서 배겨내려 했던 것이었다.

이날 밤만 해도 계연의 물음에, 성기가 무어라고 대답도 채 하기 전에,

"계연아, 계연아!"

하는, 옥화의 목소리가 또 어느덧 들려오고 있었다. 성기는 콧잔등을 찌푸리며 말을 하려다 말고 입을 다물어 버렸다.

"아, 어머니도 어쩌면 저다지 야속할까?"

성기는 갑자기 목이 뿌듯해졌다.

반딧불이 지나갔다. 계연은 돌 위에 걸터앉아, 손으로 여뀌풀을 움켜잡으며, 혼잣말같이, 또 무어라 속삭이는 것이었으나 냇물 소리에 가리어 잘 들리지 않았다.

여뀌풀

이튿날 아침 일찌기 성기가 방안으로, 부엌으로 누구를 찾으려는 듯 기웃기웃하다가 좀 실망한 듯한 낯으로 그냥 절로 올라가고 말았을 때, 그녀는 역시 이 여뀌풀 있는 냇물 가에서 걸레를 빨고 있었던 것이다.

위기 옥화가 계연이 자기 동생일 것이라는 예감을 갖게 됨

사흘 뒤에 성기가 다시 절에서 내려오니까, 체장수 영감은 마루 위에서 막걸리를 마시고 있고, 계연은 고개를 떨어버린 채 마루 끝에 걸터앉아 있었다. 머리를 감아 빗고 새 옷 — 새 옷이래야 전날의 그 항라 적삼을 다시 빨아 다린 것 — 을 갈아입고, 조그만 보따리 하나를 곁에 두고, 슬픔에 잠겨 있던 계연은, 성기를 보자 그 꽃같이 선연한 두 눈에 갑자기 기쁨을 띄며 허리를 일으켰다. 그러나 바로 그 다음 순간, 그 노기를 띤[18] 듯한 도톰한 입술은 분명히 그들 사이에 일어난 어떤 절박하고 불행한 사실을 전하고 있었다.

막걸리 사발을 들어 영감에게 권하고 있던 옥화는 성기를 보자,

17 옥화 자신과 계연이 이복 자매임을 확인하였기 때문에.

18 사랑하는 사람과 헤어져야하기 때문.

"계연이가 시방 떠난단다."

대번에 이렇게 말했다.

옥화의 말을 들으면 영감은 그날 성기가 절로 올라가던 날 저녁때에 돌아왔었더라는 것이었다. 그 이튿날이니까, 즉 어제, 영감은 그녀를 데리고 떠나려고 하는 것을 하루 더 쉬어 가라고 만류를 해서, 그래 오늘 아침엔 일찍이 떠난다고 이렇게 막 행장을 차려서 나서는 길이라 하였다.

그러나 이것은 실상 모두 나중 다시 들어서 알게 된 것이었고, •처음은 그저 쇠뭉치로 돌연히 머리를 얻어맞은 것 같이 골치가 띵하며, 전신의 피가 어느 한 곳으로 쫙 모이는 듯한, 양쪽 귀가 머리 위로 쫑긋이 당기어 올라가는 듯한, 언저리에 퍼어런 불이 번쩍번쩍 일어나는 듯한, 어지러움과 노여움과 조마로움이 한데 뭉치어 발끝에서 머리끝까지의 그의 전신을 어디로 휩쓸어 가는 듯만 하였다. 그는 지금껏 이렇게까지 그녀에게 마음이 가 있어 떨어질 수 없게 되었으리라고는 너무도 뜻밖이었다. 그것이 이제 영원히 헤어지려는 이 순간에 와서야 갑자기 심지에 불을 켜듯 확 타오를 마련이던가, 하는 것이 자꾸만 꿈과 같았다.[19]

조마로움: 매우 초초하고 조마조마함

자칫하면 체면도 염치도 다 놓고 엉엉 울음이 터질 것만 같이 목이 징징 우는 것을, 그러는 중에서도 이 얼굴을 어머니에게 보여서는 아니 된다는 의식에서 떨리는 입술을 깨물며, 마루 끝에 궁둥이를 찧듯 털썩 앉아 버렸다.

"아들이 참 잘 생겼소."

영감은 분명히 성기를 두고 하는 말인 모양이었다. 그러나 성기는 그쪽으로 고개를 돌려보지 않은 채 그들에게 무슨 적의나 품은 듯이 앉아 있었다.

옥화는 그동안 또 성기에게 역시 그 체 장수 영감의 이야기를 전해 들려주고 있는 모양이었다. 지리산 속에서 우연히 옛날 고향 친구의 아들이 된다는 낯선 젊은이 하나를 만났다. 그는 영감의 고향인 여수에서 큰 공장을 경영하는 실업가로, 지리산 유람을 들어왔다가 이야기 끝에 우연히 서로 알게 되었다. 그는 영감에게 함께 고향으로 돌아가 살자고 했다. 영감은 문득 고향 생각도 날 겸 그 청년의 도움으로 어떻게 형편이 좀 펼 것 같이도 생각되어 그를 따라 여수로 돌아가기로 결정을 하고 나오는 길이라—, 옥화가 무어라고 한참 하는 이야기는 대개 이러한 의미인 듯 하였으나, 조마롭고 어지럽고 노여움으로 이미 두 귀가 멍멍하여진 그에게는 다만 벌떼처럼 무엇이 왕왕 거릴 뿐 아무것도 분명히 들리지 않았다.

"막걸리 맛이 어찌나 좋은지 배가 부르당게."

그 동안 마지막 술잔을 들이키고 난 영감은 부채와 지팡이를 집어 들며 이렇게 말했다.

"여수 쪽으로 가시게 되면 영영 못 보게 되겠구만요."

옥화도 영감을 따라 일어서며 이렇게 말했다.

"사람 일을 누가 알간듸, 인연 있음 또 볼 터이지."

영감은 커다란 미투리에 발을 끼며 말했다.

신발

---

19 초조하고 불안한 성기의 심리 묘사.

"아가, 잘 가거라."

옥화는 계연의 조그만 보따리에다 돈이 든 꽃주머니 하나를 정표로 넣어 주며 하직을 하였다.

계연은 애걸하듯 호소하듯한 붉은 두 눈으로 한참 동안 옥화의 얼굴을 쳐다보고만 있었다.

"또 오너라."

옥화는 계연의 머리를 쓸어 주며 다만 이렇게 말하였고, 그러자 계연은 옥화의 가슴에다 얼굴을 묻으며 엉엉 소리를 내어 울기 시작하였다.

옥화가 그녀의 그 물결같이 흔들리는 둥그스름한 어깨를 쓸어 주며,

"그만 울어, 아버지가 저기 기다리고 계신다."

하는 음성도 이젠 아주 풀이 죽어 있었다.

"그럼 편히 계시요."

영감은 옥화에게 하직을 하였다.

"하라부지 거기 가 보시고 살기 여의찮거든 여기 와서 우리하고 같이 삽시다."[20]

옥화는 또 한 번 이렇게 당부하는 것이었다.

"오빠, 편히 사시요."

계연은 이미 시뻘겋게 된 두 눈으로 성기의 마지막 시선을 찾으며 하직 인사를 했다.

성기는 계연의 이 말에 꿈을 깬 듯, 마루에서 벌떡 일어나, 계연의 앞으로 당황히 몇 걸음 어뜩어뜩 걸어오다간 돌연히 다시 정신이 나는 듯 그 자리에 화석처럼 발이 굳어 버린 채, 한참 동안 장승 같

이 계연의 얼굴만 멍하게 바라보고 있었다.

"오빠, 편히 사시요."

이렇게 두 번째 하직을 하는 순간까지도 계연의 그 시뻘건 두 눈은 역시 성기의 얼굴에서 그 어떤 기적과도 같은 구원만을 기다리는 것이었고 그러나 성기는 그냥 그 자리에 주저앉아 버릴 뻔하던 것을 겨우 버드나무 가지를 움켜잡을 수 있었을 뿐이었다.

계연의 시뻘겋게 상기된 얼굴은 옥화와 그녀의 아버지가 그녀들을 지켜보고 있다는 것도 잊은 듯이 성기의 얼굴만 뚫어지게 바라보고 있었으나, 버드나무에 몸을 기댄 성기의 두 눈엔 다만 불꽃이 활활 타오를 뿐, 아무런 새로운 명령도 기적도 나타나지 않았다.

"오빠, 편히 사시요."

하고, 거의 울음이 다 된, 마지막 목소리를 남기고 돌아선 계연의 저만치 가고 있는 항라 적삼을, 고운 햇빛과 늘어진 버들가지와 산울림처럼 울려오는 뻐꾸기 울음 속에, 성기는 우두커니 지켜보고 있을 뿐이었다.

절정 계연이 옥화의 동생임이 밝혀짐(계연과 성기의 사랑이 깨짐)

성기가 다시 자리에서 일어나게 된 것은 이듬해 •우수(雨水) 경칩(驚蟄)도 다 지나 청명(淸明)[21] 무렵의 비가 질금거릴 즈음이었

---

20 체 장수와 옥화가 혈연관계임을 강하게 암시함.

21 우수와 경칩 청명은 24절기 중 두 번째 세 번째 다섯 번째 절기로 양력 2월 18, 3월 5일, 4월 5일 경임.

다. 주막 앞에 늘어선 버들가지는 다시 실같이 푸르러지고 살구, 복숭아, 진달래들이 골목 사이로 산기슭으로 울긋불긋 피고 지고 하는 날이었다.

아들의 미음상을 차려 들고 들어온 옥화는 성기가 미음 그릇을 비우는 것을 보자, 이렇게 물었다.

"아직도 너, 강원도 쪽으로 가 보고 싶냐?"

"……."

성기는 조용히 고개를 돌렸다.

"여기서 장가들어 나랑 같이 살겠냐?"

"……."

성기는 역시 고개를 돌렸다.

— 그 해 아직 봄이 오기 전, 보는 사람마다 성기의 • 회춘[22]을 거의 다 단념하곤 하였을 때, 옥화는 이왕 죽고 말 것이라면, 어미의 맘속이나 알고 가라고 그래, 그 체 장수 영감은, 서른여섯 해 전 남사당을 꾸며 와 이 '화개장터'에 하룻밤을 놀고 갔다는 자기의 아버지임에 틀림이 없었다는 것과, 계연은 그 왼쪽 귓바퀴 위의 사마귀로 보아 자기의 동생임이 분명하더라는 것을 통정하노라면서, 자기의 왼쪽 귓바퀴 위의 같은 검정 사마귀까지를 그에게 보여 주었다.

(통정: 남에게 자기 생각을 말하다)

"나도 처음부터 영감이 '서른여섯 해 전'이라고 했을 때 가슴이 섬짓하긴 했다. 그렇지만 설마 했지. 그렇게 남의 간을 뒤집어 놀 줄이야 알았나. 하도 아슬해서 이튿날 악양으로 가 명도까지 불러 봤더니, 요것도 남의 속을 빤히 디려다나 보는 듯이 재줄대는구나, 차라리 망신을 했지."

옥화는 잠깐 말을 그쳤다. 성기는 두 눈에 불을 켜듯 한 형형한 광채를 띠고, 그 어머니의 얼굴을 쳐다보고 있었다.

"차라리 몰랐으면 또 모르지만 한 번 알고 나서야 인륜이 있는듸 어찌겠냐."

그리고 부디 에미 야속타고나 생각지 말라고 옥화는 아들의 뼈만 남은 손을 눈물로 씻었다. 옥화의 이 마지막 하직같이 하는 통정 이야기에 의외로도 성기는 도로 힘을 얻은 모양이었다. 그 불타는 듯한 형형한 두 눈으로 천장을 한참 바라보고 있던 성기는 무슨 새로운 결심이나 하듯 입술을 지그시 깨물고 있었다.

아버지를 찾아 강원도 쪽으로 가 볼 생각도 없다, 집에서 장가들어 살림을 할 생각도 없다, 하는 아들에게, 그러나 옥화는 이제 전과 같이 고지식한 미련을 두는 것도 아니었다.

"그럼 어쩔랴냐? 너 졸 대로 해라."

"……."

성기는 아무런 말도 없이 도로 자리에 드러누워 버렸다.

그리고 나서 한 달포나(한 달 보름) 넘어 지난 뒤였다.

성기가 좋아하는 여러 가지 산나물이 화갯골에서 연달아 자꾸 내려오는 이른 여름의 어느 장날 아침이었다. 두릅회에 막걸리 한 사발을 쭉 들이켜고 난 성기는 옥화더러,

22 병에서 회복되어 건강을 찾음.

"어머니 나 엿판 하나만 마춰 주."[23]

하였다.

"……."

옥화는 갑자기 무엇으로 머리를 얻어 맞은 듯이 성기의 얼굴을 멍하니 바라보고 있었다.

그런 지도 다시 한 보름이나 지나, 뻐꾸기는 또 다시 산울림처럼 건드러지게 울고, 늘어진 버들가지엔 햇빛이 젖어 흐르는 아침이었다. 새벽녘에 잠깐 가는 비가 지나가고, 날은 다시 유달리 맑게 개인 '화개장터' 삼거리 길 위에서 성기는 그 어머니와 하직을 하고 있었다. 갈아입은 옥양목 고의적삼에 명주 수건까지 머리에 질끈 동여매고 난 성기는 새로 맞춘 새하얀 나무 엿판을 걸빵[24]해서 느직하게 엉덩이 즈음에다 걸었다. 윗목판에는 새하얀 가락엿이 반나마 들어 있었고, 아랫목판에는 팔다 남은 이야기책 몇 권과 간단한 방물[25]이 좀 들어 있었다.

그의 발 앞에는 물과 함께 갈리어 길도 세 갈래로 나 있었으나[26] 화갯골 쪽엔 처음부터 등을 지고 있었고 동남으로 난 길은 하동, 서남으로 난 길이 구례, 작년 이맘때도 지나 그녀가 울음 섞인 하직을 남기고 체장수 영감과 함께 넘어간 산모롱이 고갯길은 퍼붓는 햇빛 속에 지금도 환히 장터 위를 굽이돌아 구례 쪽을 향했으나 성기는 한참 뒤 몸을 돌렸다.[27]

그리하여 그의 발은 구례 쪽을 등지고 하동 쪽을 향해 천천히 옮겨졌다.

한 걸음 한 걸음 발을 옮겨 놓을수록 그의 마음은 한결 가벼워져 멀리 버드나무 사이에서 그의 뒷모양을 바라보고 서 있을 어머니의 주막이 그의 시야에서 완전히 사라져 갈 무렵 하여서 육자배기 가락으로 제법 콧노래까지 흥얼거리며 가고 있는 것이었다.

결말 병을 앓고 난 성기가 역마살 따라 엿판을 꾸려 집을 떠남

출전 : 『백민』, 1948

---

23 운명에 순종하기로 한 성기.

24 짐을 걸어서 메는 데 쓰는 줄.

25 여자가 쓰는 화장품, 바느질 기구 따위의 물건.

26 운명적 헤어짐과 방랑을 상징함.

27 계연과의 헤어짐을 운명으로 받아들임.

작품 줄거리

남사당 패 우두머리가 경남 하동의 화개장터에서 주막집 홀어미와 하룻밤의 인연을 맺는다. 그는 전라도 지방을 여행하다가 40여 년 만에 어린 딸 계연이를 데리고 화개에 들른다. 옛 주막집에는 그 홀어미 대신 딸이 환대한다.

화개 장터에서 주막을 꾸려 가며 사는 옥화는 하나밖에 없는 아들의 역마살을 없애기 위해 쌍계사에 보내 생활하게 하고 장날에만 집에 와 있게 한다.

어느 날 체 장수 영감이 딸 계연을 데리고 와 주막에 맡기고 장삿길을 떠난다. 옥화는 계연을 성기와 결혼시켜 역마살을 막아 보려는 심정에서 성기와 계연이 가깝게 지내도록 한다. 그러던 어느 날 우연히 계연의 귓바퀴에 난 사마귀를 보고 놀란 옥화는 계연이 자신의 동생일지 모른다는 예감이 들어 두 사람이 가까이하지 못하게 한다. 남사당패 우두머리가 바로 체 장수 영감이고, 옥화와 계연은 서로 이복 자매가 되는 예감이 든 것이다.

체 장수 영감이 돌아옴으로써 예감은 맞아떨어지고, 옥화와 계연이 이복 자매임이 밝혀진다. 36년 전, 옥화의 어머니와 하룻밤 관계한 체 장수의 딸이 옥화임이 밝혀진 것이다. 서로 맺어질 수 없는 사이이기에 체 장수 영감은 계연을 데리고 고향으로 떠난다. 이 일이 있은 후 성기는 중병을 앓게 되고 병이 낫자 역마살을 따라 엿판을 꾸려 집을 떠난다.

작가 파일

김동리 1913~1995

소설가로 경북 경주에서 태어났다. 그는 인간성 옹호에 바탕을 둔 순수문학을 지향했으며 8·15 해방 직후 좌익문단에 맞서 논쟁을 벌이기도 했다. 그의 작품은 기본적으로 인간성 옹호에 있으면서도, 토속적 샤머니즘 세계에 바탕을 둔 한국적 인간상을 철저히 조명하고 있다. 주요 작품에 「황토기」, 「무녀도」, 「사반의 십자가」, 「등신불」 등이 있다.

독후 활동

1 이 소설에 나오는 '역마'와 '화개장터'가 상징하는 의미에 대해 말해 보자.

2 철호는 이 소설에 나오는 인물들의 가계도를 그리려고 한다. 소설의 내용을 바탕으로 다음 빈 칸에 해당하는 인물을 적어 넣어 보자.

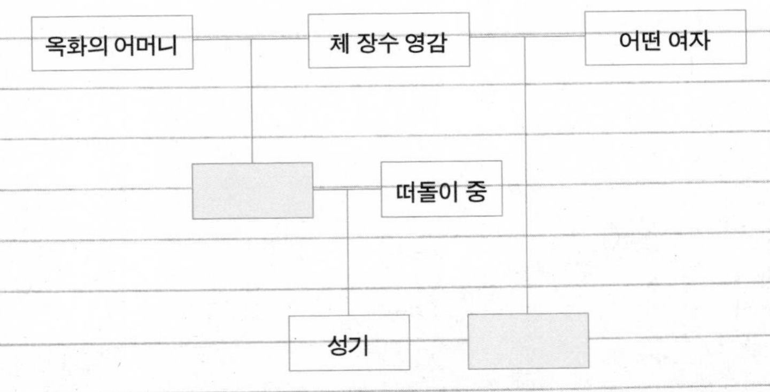

사춘기 소년과 소녀의 순수한 사랑 이야기를 서정적으로 표현하고 있는 이 작품은 3인칭 작가 관찰자 시점으로 인물의 심리 묘사가 뛰어나다. 소설 제목인 '소나기'는 순간적 사랑의 일회성을 나타내는 소재로 소설의 배경 역할을 하기도 한다.

사람은 누구나 유년 시절의 추억을 간직하며 성장한다. 이 소설 역시 소년과 소녀와의 만남과 이별을 통해 유년기를 벗어나는 성숙의 과정을 보여 주고 있다. 이 소설에서 작가는 그 사랑의 순수함을 강조하거나 비극적인 결말에 대한 애석함을 애써 드러내지 않는다. 소년과 소녀의 순수한 사랑과 소녀의 죽음이 불러일으키는 애잔한 느낌을 모두 독자의 감상으로 돌려놓는다.

황순원

소나기

핵심정리

갈래 단편 소설, 성장 소설, 순수소설
배경 시간 : 여름에서 가을까지
공간 : 어느 시골 마을(양평 근처)
시점 3인칭 작가 관찰자시점
주제 소년과 소녀의 순수한 사랑

소년은 •개울가[1]에서 소녀를 보자 곧 윤 •초시[2]네 증손녀(曾孫女)딸이 라는 걸 알 수 있었다. 소녀는 개울에다 손을 잠그고 물장난을 하고 있는 것이다. 서울서는 이런 개울들을 보지 못하기나 한 듯이.

벌써 며칠째 소녀는, 학교에서 돌아오는 길에 물장난이었다. 그런데, 어제까지는 개울 기슭에서 하더니, •오늘은 징검다리 한가운데 앉아서 하고 있다.[3]

소년은 개울둑에 앉아 버렸다. 소녀가 비키기를 기다리자는 것이다. 요행(다행히) 지나가는 사람이 있어, 소녀가 길을 비켜 주었다.

다음 날은 좀 늦게 개울가로 나왔다.

이 날은 소녀가 징검다리 한가운데 앉아 세수를 하고 있었다. 분홍 스웨터 소매를 걷어 올린 팔과 목덜미가 마냥 희었다.

한참 세수를 하고 나더니, 이번에는 물 속을 빤히 들여다본다. •얼굴

등장인물

이 소설에는 소년과 소녀가 등장한다.
소년은 순박하기만 한 시골 소년으로 내성적이고 우유부단하다.
소녀를 만난 후 적극적으로 변하는 동적인 인물이다.
한편 소녀는 서울에서 전학 와 깜찍하고 귀여우며, 적극적이고 명랑하다.
솔직하고 대담한 반면 정적인 성격의 인물이다.

이라도 비추어 보는 것이리라.[4]

갑자기 물을 움켜 낸다. 고기 새끼라도 지나가는 듯.

소녀는 소년이 개울둑에 앉아 있는 걸 아는지 모르는지, 그냥 날쌔게 물만 움켜 낸다. 그러나 번번이 허탕이다. 그래도 재미있는 양, 자꾸 물만 움킨다. 어제처럼 개울을 건너는 사람이 있어야 길을 비킬 모양이다.

그러다가 소녀가 물속에서 무엇을 하나 집어낸다. 하얀 조약돌이었다. 그리고는 벌떡 일어나 팔짝팔짝 징검다리를 뛰어 건너간다.

다 건너가더니만 홱 이리로 돌아서며,

"이 바보."

---

1 이 소설의 공간적 배경.

2 과거의 첫시험에 합격한 사람.

3 소녀의 적극적인 성격과 소년과 사귀고 싶은 소녀의 마음이 나타나 있음.

4 소년의 추측.

조약돌이 날아왔다.

소년은 저도 모르게 벌떡 일어섰다.

단발머리를 나풀거리며 소녀가 막 달린다. 갈밭(갈대밭) 사잇길로 들어섰다. 뒤에는 청량한(맑고 깨끗한) 가을 햇살 아래 빛나는 갈꽃뿐.

이제 저쯤 갈밭머리로 소녀가 나타나리라. 꽤 오랜 시간이 지났다고 생각됐다. 그런데도 소녀는 나타나지 않는다. •발돋움을 했다.[5]

그러고도 상당한 시간이 지났다고 생각됐다.

저쪽 갈밭머리에서 갈꽃이 한 움큼 움직였다. 소녀가 갈꽃을 안고 있었다. 그리고 이제는 천천한 걸음이었다. 유난히 맑은 가을 햇살이 소녀의 갈꽃머리에서 반짝거렸다. 소녀 아닌 갈꽃이 들길을 걸어가는 것만 같았다.

소년은 이 갈꽃이 아주 뵈지 않게 되기까지 그대로 서 있었다. 문득 소녀가 던진 조약돌을 내려다보았다. •물기가 걷혀 있었다. 소년은 조약돌을 집어 주머니에 넣었다.[6]

발단 소년과 소녀의 만남

다음 날부터 좀 더 늦게 개울가로 나왔다. 소녀의 그림자가 뵈지 않았다. 다행이었다. 그러나 이상한 일이었다. 소녀의 그림자가 뵈지 않는 날이 계속될수록 소년의 가슴 한 구석에는 어딘가 허전함이 자리 잡는 것이었다. •주머니 속 조약돌을 주무르는 버릇이 생겼다.[7]

그러한 어떤 날, 소년은 전에 소녀가 앉아 물장난을 하던 징검다리 한가운데에 앉아 보았다. 물속에 손을 잠갔다. 세수를 하였다.

물속을 들여다보았다. •검게 탄 얼굴이 그대로 비치었다. 싫었다.[8]

소년은 두 손으로 물속의 얼굴을 움키었다. 몇 번이고 움키었다. 그러다가 깜짝 놀라 일어나고 말았다. 소녀가 이리로 건너오고 있지 않느냐.

'숨어서 내가 하는 일을 엿보고 있었구나.' 소년은 달리기 시작했다. •디딤돌을 헛디뎠다. 한 발이 물속에 빠졌다.[9]

더 달렸다.

몸을 가릴 데가 있어 줬으면 좋겠다. 이쪽 길에는 갈밭도 없다. 메밀밭이다. 전에 없이 메밀꽃 내(냄새)가 짜릿하게 코를 찌른다고 생각됐다. 미간(눈썹 사이)이 아찔했다. 찝찔한 액체가 입술에 흘러들었다. 코피였다.

소년은 한 손으로 코피를 훔쳐 내면서 그냥 달렸다. 어디선가 '바보, 바보.' 하는 소리가 자꾸만 뒤따라오는 것 같았다.

•토요일이었다.[10]

개울가에 이르니, 며칠째 보이지 않던 소녀가 건너편 가에 앉아 물장난을 하고 있었다.

모르는 체 징검다리를 건너기 시작했다. 얼마 전에 소녀 앞에서 한 번 실수를 했을 뿐, 여태 큰길 가듯이 건너던 징검다리를 오늘은

---

5 소녀에 대한 관심 표현.

6 시간의 경과. 소녀에 대한 소년의 관심이 나타남.

7 여기서 '조약돌'은 소녀에 대한 그리움을 나타냄.

8 소녀의 희고 고운 얼굴과 대조를 이룸. 열등감.

9 소녀의 행동을 흉내내다 들켜 당황함.

10 사건의 전환과 시간적 배경을 나타냄.

조심스럽게 건넌다.

"얘."

못 들은 체했다. 둑 위로 올라섰다.

"얘, 이게 무슨 무슨 조개지?"

자기도 모르게 돌아섰다. 소녀의 맑고 검은 눈과 마주쳤다. 얼른 소녀의 손바닥으로 눈을 떨구었다.

비단조개

"비단조개."[11]

"이름도 참 곱다."

갈림길[12]에 왔다. 여기서 소녀는 아래편으로 한 삼 마장쯤, 소년은 우대로 한 십 리 가까운 길을 가야 한다.

마장: 오 리나 십 리가 못 되는 거리 / 우대로: 위로

소녀가 걸음을 멈추며,

"너, 저 산 너머에 가 본 일 있니?"

벌 끝을 가리켰다.

벌: 벌판

"없다."

"우리 가 보지 않으련? 시골 오니까 혼자서 심심해 못 견디겠다."

"저래봬도 멀다."

"멀면 얼마나 멀기에? 서울 있을 땐 사뭇 먼 데까지 소풍 갔었다."

사뭇: 꽤

소녀의 눈이 금세 '바보, 바보.' 할 것만 같았다.[13]

논 사잇길로 들어섰다. 벼 가을걷이하는 곁을 지났다.

---

11 소년과 소녀의 대화를 가능하게 해 주는 매개체.

12 사건 전환의 계기가 됨. 후에 소년과 소녀가 헤어지게 됨을 나타냄. 복선.

13 소년의 열등감.

조약돌을 던지고 징검다리를 건너가는 소녀의 행위를 통해 소년에 대한 소녀의 마음을 느낄 수 있다.

허수아비가 서 있었다. 소년이 새끼줄을 흔들었다.[14]

참새가 몇 마리 날아간다. '참, 오늘은 일찍 집으로 돌아가 텃논(집 앞의 논)의 참새를 봐야 할 걸.' 하는 생각이 든다.

"아, 재밌다!"

소녀가 허수아비 줄을 잡더니 흔들어 댄다. 허수아비가 대고(자꾸) 우쭐거리며 춤을 춘다. 소녀의 왼쪽 볼에 살포시 보조개가 패었다.

저만큼 허수아비가 또 서 있다. 소녀가 그리로 달려간다. 그 뒤를 소년도 달렸다. 오늘 같은 날은 일찍 집으로 돌아가 집안일을 도와야 한다는 생각을 잊어버리기라도 하려는 듯이.

소녀의 곁을 스쳐 그냥 달린다. 메뚜기가 따끔따끔 얼굴에 와 부딪친다.[15] 쪽빛(남색)으로 한껏 개인 가을 하늘이 소년의 눈앞에서 맴을 돈다. 어지럽다. 저놈의 독수리, 저놈의 독수리, 저놈의 독수리가 맴을 돌고 있기 때문이다.

돌아다보니 소녀는 지금 자기가 지나쳐 온 허수아비를 흔들고 있다. 좀 전 허수아비보다 더 우쭐거린다.

논이 끝난 곳에 도랑[16]이 하나 있었다. 소녀가 먼저 뛰어 건넜다.

거기서부터 산 밑까지는 밭이었다.

수숫단을 세워 놓은 밭머리를 지났다.

"저게 뭐니?"

"원두막."

"여기 참외, 맛있니?"

"그럼, 참외 맛도 좋지만 수박 맛은 더 좋다."

"하나 먹어 봤으면."

소년이 참외 그루에 심은 무밭[17]으로 들어가, 무 두 밑(밑동)을 뽑아 왔다. 아직 밑이 덜 들어 있었다. 잎을 비틀어 팽개친 후, 소녀에게 한 개 건넨다. 그리고는 이렇게 먹어야 한다는 듯이 먼저 대강이를 한 입 베물어 낸 다음, 손톱으로 한 돌이(바퀴) 껍질을 벗겨 우쩍 깨문다.

싸리꽃

마타리꽃

소녀도 따라 했다. 그러나 세 입도 못 먹고,

"아, 맵고 지려."

하며 집어던지고 만다.

"참, 맛없어 못 먹겠다."

소년이 더 멀리 팽개쳐 버렸다.[18]

산이 가까워졌다.

단풍잎이 눈에 따가웠다.

"야아!"

소녀가 산을 향해 달려갔다. 이번은 소년이 뒤따라 달리지 않았다. 그러고도 곧 소녀보다 더 많은 꽃을 꺾었다.

"이게 들국화, 이게 싸리꽃, 이게 도라지꽃……."

"도라지꽃이 이렇게 예쁜 줄은 몰랐네. 난 보랏빛이 좋아! …… 그런데 이 양산같이 생긴 노란 꽃이 뭐지?"

"마타리꽃."

---

14 그동안 소극적이던 소년의 행동이 적극적으로 변해 감.

15 계절감과 향토적 서정을 느끼게 함.

16 사건 전개에 필연성을 부여함. 돌아올 때 물이 불어 소년이 소녀를 업게 함.

17 참외를 베어내고 심은 무 밭.

18 소녀의 행동을 따라함으로써 소년이 소녀를 좋아하고 있음을 나타냄.

소녀는 마타리꽃을 양산 받듯이 해 보인다. 약간 상기된 얼굴에 살포시 보조개를 떠올리며.

붉게 달아오른

다시 소년은 꽃 한 옴큼을 꺾어 왔다. 싱싱한 꽃가지만 골라 소녀에게 건넨다.

그러나 소녀는

"하나도 버리지 말어."

산마루께로 올라갔다.

맞은편 골짜기에 오순도순 초가집이 몇 모여 있었다.

•누가 말한 것도 아닌데, 바위에 나란히 걸터앉았다.[19]

별로 주위가 조용해진 것 같았다. 따가운 가을 햇살만이 말라 가는 풀 냄새를 퍼뜨리고 있었다.

칡꽃

"저건 또 무슨 꽃이지?"

적잖이 비탈진 곳에 칡덩굴이 엉키어 끝물꽃*을 달고 있었다.

칡꽃

"꼭 등꽃* 같네. 서울 우리 학교에 큰 등나무가 있었단다. 저 꽃을 보니까 등나무 밑에서 놀던 동무들 생각이 난다."

등꽃

소녀가 조용히 일어나 비탈진 곳으로 간다. 꽃송이가 달린 줄기를 잡고 끊기 시작한다. 좀처럼 끊어지지 않는다. 안간힘을 쓰다가 그만 미끄러지고 만다. 칡덩굴을 그러쥐었다.

소년이 놀라 달려갔다. 소녀가 손을 내밀었다. 손을 잡아 이끌어 올리며, 소년은 제가 꺾어다 줄 것을 잘못했다고 뉘우친다.

소녀의 오른쪽 무릎에 핏방울이 내맺혔다. 소년은 저도 모르게 생채기(작은 상처)에 입술을 가져다 대고 빨기 시작했다. 그러다가, 무슨 생각을 했는지 홱 일어나 저 쪽으로 달려간다.

좀 만에 숨이 차 돌아온 소년은

"이걸 바르면 낫는다."

송진을 생채기에다 문질러 바르고는 그 달음으로(곧바로) 칡덩굴 있는 데로 내려가 꽃 많이 달린 몇 줄기를 이빨로 끊어 가지고 올라온다. 그러고는,

송진 소나무과의 나무가 손상을 입었을 때 분비되는 발삼으로 깨끗한 것은 무색 · 투명한 액체이나 시간이 지나면 희뿌옇고 끈질긴 성질이 생긴다.

"저기 송아지가 있다. 그리 가 보자."

누렁 송아지였다. 아직 코뚜레도 꿰지 않았다.

소년이 고삐를 바투(바짝) 잡아 쥐고 등을 긁어 주는 체 훌쩍 올라탔다. 송아지가 껑충거리며 돌아간다.

소녀의 흰 얼굴이, 분홍 스웨터가, 남색 스커트가 안고 있는 꽃과 함께 범벅이 된다. 모두가 하나의 큰 꽃묶음같다.[20] 어지럽다. 그러나 내리지 않으리라. 자랑스러웠다. 이것만은 소녀가 흉내 내지 못할, 자기 혼자만이 할 수 있는 일인 것이다.

전개 소년과 소녀가 서로 친해짐

"너희, 예서 뭣들 하느냐?"

농부 하나가 억새풀 사이로 올라왔다.

---

19 이심전심(以心傳心), 마음에서 마음으로 전함.

20 은유적 표현으로 꽃을 들고 서 있는 소녀를 나타냄.

송아지 등에서 뛰어내렸다. 어린 송아지를 타서 허리가 상하면 어쩌느냐고 꾸지람을 들을 것만 같다.

그런데 나룻(수염)이 긴 농부는 소녀 편을 한번 훑어보고는 그저 송아지 고삐를 풀어 내면서,

"어서들 집으로 가거라. •소나기[21]가 올라."

참, 먹장구름 한 장이 머리 위에 와 있다. 갑자기 사면이 소란스러워진 것 같다. 바람이 우수수 소리를 내며 지나간다. 삽시간에 주위가 보랏빛으로 변했다.

산을 내려오는데 떡갈나뭇잎에서 빗방울 듣는(떨어지는) 소리가 난다. 굵은 빗방울이었다. 목덜미가 선뜩선뜩했다. 그러자 대번에 눈앞을 가로막는 빗줄기.

비안개 속에 원두막이 보였다. 그리로 가 비를 그을(피할) 수밖에.

그러나 원두막은 기둥이 기울고 지붕도 갈래갈래 찢어져 있었다. 그런대로 비가 덜 새는 곳을 가려 소녀를 들어서게 했다. •소녀의 입술이 파랗게 질렸다.[22]

어깨를 자꾸 떨었다.

무명 겹저고리를 벗어 소녀의 어깨를 싸 주었다. 소녀는 비에 젖은 눈을 들어 한 번 쳐다보았을 뿐, 소년이 하는 대로 잠자코 있었다. 그러면서 안고 온 꽃묶음 속에서 •가지가 꺾이고 꽃이 일그러진 송이를 골라 발밑에 버린다.[23]

소녀가 들어선 곳도 비가 새기 시작했다. 더 거기서 비를 그을 수 없었다.

밖을 내다보던 소년이 무엇을 생각했는지 수수밭 쪽으로 달려간

다. 세워 놓은 수숫단 속을 비집어 보더니, 옆의 수숫단을 날라다 덧세운다. 다시 속을 비집어 본다. 그리고는 소녀 쪽을 향해 손짓을 한다.

수숫단 속은 비는 안 새었다. 그저 어둡고 좁은 게 안됐다. 앞에 나앉은 소년은 그냥 비를 맞아야만 했다. 그런 소년의 어깨에서 김이 올랐다.

소녀가 속삭이듯이, 이리 들어와 앉으라고 했다. 괜찮다고 했다. 소녀가 다시, 들어와 앉으라고 했다. 할 수 없이 뒷걸음질을 쳤다. 그 바람에, 소녀가 안고 있는 꽃묶음이 망그러졌다. 그러나 소녀는 상관없다고 생각했다. 비에 젖은 소년의 몸 내음새가 확 코에 끼얹혀졌다. 그러나 고개를 돌리지 않았다. 도리어 소년의 몸기운으로 해서 떨리던 몸이 적이 누그러지는 느낌이었다.

어느 정도

소란하던 수숫잎 소리가 뚝 그쳤다. 밖이 멀개졌다.

수숫단 속을 벗어 나왔다. 멀지 않은 앞쪽에 햇빛이 눈부시게 내리붓고 있었다. 도랑 있는 곳까지 와 보니, 엄청나게 물이 불어 있었다. 빛마저 제법 붉은 흙탕물이었다. 뛰어 건널 수가 없었다.

소년이 등을 돌려 댔다. 소녀가 순순히 업히었다. 걷어 올린 소년의 잠방이까지 물이 올라왔다. 소녀는 "어머나!" 소리를 지르며 소년의 목을 그러안았다.

개울가에 다다르기 전에 가을 하늘은 언제 그랬는가 싶게 구름 한 점 없이 쪽빛으로 개어 있었다.

위기 소나기를 만남

---

21 위기감을 조성하며 비극적 결말의 원인이 됨.

22 비극적 결말 암시.

23 비극적 결말 암시. 복선.

갑자기 쏟아진 소나기를 함께 피하며 소녀와 소년은 더 가까워진다.

그 뒤로 소녀의 모습이 보이지 않았다. 매일같이 개울가로 달려와 봐도 뵈지 않았다. 학교에서 쉬는 시간에 운동장을 살피기도 했다. 남몰래 5학년 여자 반을 엿보기도 했다. 그러나 보이지 않았다.

그 날도 소년은 주머니 속 흰 조약돌만 만지작거리며[24] 개울가로 나왔다. 그랬더니 이 쪽 개울둑에 소녀가 앉아 있는 게 아닌가.

조약돌 작고 동글동글한 돌.

소년은 가슴부터 두근거렸다.

"그동안 앓았다."

어쩐지 소녀의 얼굴이 해쓱해져 있었다.

"그날 소나기 맞은 탓 아냐?"

소녀가 가만히 고개를 끄덕이었다.

"인제 다 낫냐?"

"아직도……."

"그럼 누워 있어야지."

"하도 갑갑해도 나왔다…… 그 날 참 재밌었어. …… 근데 그 날 어디서 이런 물이 들었는지 잘 지지 않는다."

소녀가 분홍 스웨터 앞자락을 내려다본다. 거기에 검붉은 진흙물 같은 게 들어 있었다.

소녀가 가만히 보조개를 떠올리며,

"그래 이게 무슨 물 같니?"

소년은 스웨터 앞자락만 바라다보고 있었다.

"내, 생각해 냈다. 그 날, 도랑을 건너면서 내가 업힌 일이 있지?

---

24 소녀에 대한 그리움.

그 때, 네 등에서 옮은 물이다."

소년은 얼굴이 확 달아오름을 느꼈다.

갈림길에서 소녀는,

"저, 오늘 아침에 우리 집에서 대추를 땄다. 낼 제사 지낼려구……."

대추 한 줌을 내준다. 소년은 주춤한다.

"맛봐라. 우리 증조(曾祖)할아버지가 심었다는데, 아주 달다."

소년은 두 손을 오그려 내밀며,

"참, 알도 굵다!"

"그리고 저, 우리 이번에 제사 지내고 나서 좀 있다 집을 내주게 됐다."

소년은 소녀네가 이사해 오기 전에 벌써 어른들의 이야기를 들어서, 윤 초시 손자(소녀의 아버지)가 서울서 사업에 실패해 가지고 고향에 돌아오지 않을 수 없게 되었다는 걸 알고 있었다. 그것이 이번에는 고향 집마저 남의 손에 넘기게 된 모양이었다.

"왜 그런지 난 이사 가는 게 싫어졌다. 어른들이 하는 일이니 어쩔 수 없지만……." 전에 없이, 소녀의 까만 눈에 쓸쓸한 빛이 떠돌았다.

소녀와 헤어져 돌아오는 길에 소년은 혼잣속으로 소녀가 이사를 간다는 말을 수없이 되뇌어 보았다. 무어 그리 안타까울 것도 서러울 것도 없었다.[25] 그렇건만 소년은 지금 자기가 씹고 있는 대추알의 단맛을 모르고 있었다.

이 날 밤, 소년은 몰래 덕쇠 할아버지네 호두밭으로 갔다.

낮에 봐 두었던 나무로 올라갔다. 그리고 봐 두었던 가지를 향해 작대기를 내리쳤다. 호두송이 떨어지는 소리가 별나게 크게 들렸다. 가슴이 선뜩했다. 그러나 다음 순간, 굵은 호두야 많이 떨어져라, 많이 떨어져라, 저도 모를 힘에 이끌려 마구 작대기를 내리치는 것이었다.

돌아오는 길에는 열이틀 달이 지우는 그늘만 골라 디뎠다.[26]

그늘의 고마움을 처음 느꼈다.

불룩한 주머니를 어루만졌다. 호두송이를 맨손으로 깠다가는 옴(피부병)이 오르기 쉽다는 말 같은 건 아무렇지도 않았다. 그저 근동에서 제일가는 이 덕쇠 할아버지네 호두를 어서 소녀에게 맛보여야 한다는 생각만이 앞섰다.

그러다 아차 하는 생각이 들었다. 소녀더러 병이 좀 낫거들랑 이사 가기 전에 한 번 개울가로 나와 달라는 말을 못 해 둔 것이었다. 바보 같은 것, 바보 같은 것.

이튿날, 소년이 학교에서 돌아오니 아버지가 나들이옷으로 갈아입고 닭 한 마리를 안고 있었다.

어디 가시느냐고 물었다.

망태기

그 말에는 대꾸도 없이, 아버지는 안고 있는 닭의 무게를 겨냥해 보면서,

"이만하면 될까?"

어머니가 망태기를 내주며,

"벌써 며칠째 '걀걀' 하고 알 날 자리를 보든데요. 크진 않아도 살

25 반어법. 반어법이란 표현의 효과를 높이기 위하여 실제 표현하고자 하는 뜻과는 반대되는 말을 쓰는 표현법. 여기서는 소년의 안타깝고 서러운 심정이 나타나 있음.

26 남의 눈에 띄지 않으려는 심리, 불안과 죄책감.

은 쪘을 거예요."

소년이 이번에는 어머니한테, 아버지가 어디 가시느냐고 물어 보았다.

"저, 서당골 윤 초시 댁에 가신다. 제사상에라도 놓으시라고……."

"그럼 큰 놈으로 하나 가져가지. 저 얼룩수탉으루……."

이 말에, 아버지는 허허 웃고 나서,

"인마, 그래도 이게 실속이 있다."

소년은 공연히 열적어, 책보를 집어던지고는 외양간으로 가, 쇠잔등을 한 번 철썩 갈겼다. 쇠파리라도 잡는 척.

절정 이별을 앞둔 소년과 소녀

개울물은 날로 여물어 갔다.[27]

소년은 갈림길에서 아래쪽으로 가 보았다. 갈밭머리에서 바라보는 서당골 마을은 쪽빛 하늘 아래 한결 가까워 보였다.

어른들의 말이, 내일 소녀네가 양평읍으로 이사 간다는 것이었다. 거기 가서는 조그마한 가겟방을 보게 되리라는 것이었다.

소년은 저도 모르게 주머니 속 호두알을 만지작거리며, 한손으로는 수없이 갈꽃을 휘어 꺾고 있었다.[28]

그날 밤, 소년은 자리에 누워서도 같은 생각뿐이었다. 내일 소녀네가 이사하는 걸 가 보나 어쩌나, 가면 소녀를 보게 될까 어떨까.

그러다가 까무룩 잠이 들었는가 하는데,

"허, 참 세상일도……."

마을 갔던 아버지가 언제 돌아왔는지,

"윤 초시 댁도 말이 아니야. 그 많던 전답(田畓)을 다 팔아 버리고, 대대로 살아오던 집마저 남의 손에 넘기더니, 또 악상까지 당하는 걸 보면……."

논밭

자식이 부모보다 먼저 죽는 일

남폿불 밑에서 바느질감을 안고 있던 어머니가,

"증손(曾孫)이라곤 계집애 그 애 하나뿐이었지요?"

"그렇지. 사내 애 둘 있던 건 어려서 잃구……."

"어쩌믄 그렇게 자식복이 없을까."

"글쎄 말이지. 이번 앤 꽤 여러 날 앓는 걸 약두 변변히 못 써 봤다더군. 지금 같아선 윤 초시네도 대가 끊긴 셈이지. …… 그런데 참, 이번 계집앤 어린것이 여간 잔망스럽지가 않아. 글쎄, 죽기 전에 이런 말을 했다지 않아? 자기가 죽거든 자기 입던 옷을 꼭 그대로 입혀서 묻어 달라구……."[29]

깜찍하고 엉뚱하다

결말 소녀의 죽음

출전 : 『신문학』, 1953

27 시간의 경과, 소녀에 대한 소년의 그리움이 깊어감.

28 소녀를 보지 못한 안타까움. 행동을 통해 심리를 간접적으로 드러냄.

29 소년과의 사랑을 영원히 간직하고자 한 소녀의 유언.

작품 줄거리

소년과 소녀가 개울가에서 처음 만난다. 소녀는 소년과 가까이 지내고 싶어 하지만, 소년이 내성적이고 수줍어하는 바람에 그러지 못한다. 그런 어느 날 소녀가 징검다리 한가운데서 물장난을 하고 있다. 소년은 둑에 앉아서 소녀가 비켜주기만을 기다린다. 그때 소녀는 하얀 조약돌을 집어 '이 바보'하며 소년 쪽으로 던지고 단발머리를 나풀거리며 막 달려간다. 소년은 그 조약돌을 간직하면서 소녀에게 관심을 갖기 시작한다. 그렇게 지내던 어느 날 개울가에서 소년과 소녀는 다시 만나다. 그들은 들로 나가 무를 뽑아 먹고 허수아비를 흔들어 보기도 하면서 꽃을 꺾기도 한다.

그때 소나기가 내린다. 원두막으로 들어갔으나 비를 피할 수 없다. 밖을 내다보던 소년은 입술이 파랗게 질려 있는 소녀를 위해 수수밭 쪽으로 달려가 수숫단을 날라 자리를 만들어 준다. 좁디좁은 수숫단 속에서 그들은 서로를 위하는 마음이 생기고 서먹했던 거리감도 모두 해소된다. 돌아오는 길에 도랑의 물이 엄청나게 불어 소년이 등을 대자 소녀가 순순히 업히어 소년의 목을 끌어안고 건널 수 있었다.

그 후 개울가에서 소년과 소녀는 다시 만난다. 소나기를 맞고 감기를 앓았다는 소녀가 분홍 스웨터 앞자락에 있는 얼룩을 보며 '그때 네 등에서 옮은 물이다.' 하는 말에 소년은 얼굴이 달아오른다. 이날 헤어지면서 소녀가 이사 간다는 말에 소년은 마음속으로 충격을 받는다.

소녀에게 줄 호두 알을 만지작거리며, 소녀를 그리워하던 소년은 잠이 막 들려는데 마을 갔다 온 아버지로부터 소녀의 죽음을 듣게 되며, 소녀가 죽을 때 "자기가 입던 옷을 그대로 입혀서 묻어 달라."는 유언을 남겼다는 이야기를 듣는다.

작가 파일

황순원 1915~2000

소설가로 평남 대동 출생이다. 일본 와세다 대학 영문과 졸업하고 처음엔 시인으로 활동하나, 후에 소설가로 소설 쓰기에 전념했다. 그의 작품 세계는 시적인 감수성을 바탕으로 한 치밀한 문체와 스토리의 조직적인 전개를 특징으로 하고 있다. 주요 작품에「학」,『독짓는 늙은이』,『카인의 후예』 등이 있다.

독후 활동

1 '소나기'라는 단어가 소설 제목으로 쓰였을 때와 일기 예보에서 쓰였을 때, 어떤 차이가 있는지 말해 보자.

2 이 소설의 중요한 사건을 찾아보고, 그 사건에 따라 인물의 감정이 어떻게 변하고 있는지 써 보자.

사건	인물의 감정	
	소년	소녀
개운가에서 소년과 소녀가 만남	당황스러움	호기심이 생김
소녀가 다치자 소년이 치료해 줌	안타까움	
소녀가 이사를 가게 된다는 말을 들음		

이 소설은 1953년 『문예』에 발표된 것으로 6 · 25 직후의 부산을 배경으로 동욱 남매의 불행을 그리고 있다. 비가 오는 음산한 풍경을 배경에 깔면서, 이상성격자 동욱과 동옥의 절망과 무기력이 음울한 문체로 표현되어 있다.

이 소설은 전후 소설을 대표하는 것으로 절망의 시대 무기력하고 참담한 삶의 모습을 그리고 있다. 소설에서 '비'는 단순한 비가 아니라 이 소설의 분위기 전체를 지배한다. 그리고 이 '비'는 등장인물들이 처해 있는 전후 시대의 상황을 상징적으로 나타낸다.

손창섭

비 오는 날

핵심정리

갈래 단편소설, 전후 소설
배경 시간 : 6 · 25 중 장마철
공간 : 피난지 부산의 변두리
시점 3인칭 전지적 작가 시점
주제 전쟁의 극한 상황이 가져다 준 인간의 무기력한 삶과 허무의식

이렇게 비 내리는 날이면 원구(元求)의 마음은 감당할 수 없도록 무거워지는 것이었다. 그것은 동욱(東旭) 남매의 음산한 생활 풍경이 그의 뇌리를 영사막처럼 흘러가기 때문이었다. 빗소리를 들을 때마다 원구는 으레 동욱과 그의 여동생 동옥(東玉)이 생각나는 것이었다. •그들의 어두운 방에 쓰러져 가는 목조 건물이 비의 장막 저편에 우울하게 떠오르는 것이었다.[1]

비록 맑은 날일지라도 동욱 오뉘의 생활을 생각하면, 원구의 귀에는 빗소리가 설레이고 그 마음 구석에는 빗물이 스며 흐르는 것 같았다. 원구의 머릿속에 떠오르는 동욱과 동옥은 그 모양으로 언제나 비에 젖어 있는 인생들이었다.

동욱의 거처를 왕방(가서 찾아봄)하기 전에 원구는 어느 날, 거리에서 동욱을 만나 저녁을 같이 한 일이 있었다. 동욱은 밥보다도 먼저 술을 먹고 싶어했다. 술을 마시는 동욱의 태도는 제법 애주가(愛酒家)였다.

등장인물

이 소설에는 정원구, 김동욱, 김동옥이 등장한다.
정원구는 소설의 화자로 동욱의 친구이자 동욱 남매를 걱정하는 인물이다.
김동욱은 전쟁을 피해 부산으로 내려와 미군을 상대로
초상화를 주문받아 살아가는 인물이고, 김동옥은 동욱의
누이동생으로 소아마비로 인해 신체 불구자이다.
오빠가 주선해 오는 사람의 초상화를 그려 생계를 꾸려간다.

잔을 넘어 흘러내리는 한 방울도 아까워서 동욱은 혀끝으로 잔급을 핥았다.[2]

기독교 가정에서 성장했을 뿐 아니라 몇몇 교회에서 다년 간 찬양대를 지도해 온 동욱의 과거를 원구는 생각하며, 요즈음은 교회에 나가지 않느냐고 물어 보았다. 동욱은 멋적게 씽긋 웃고 나서 이따마큼 한 번씩 나가노라고 하고 그런 때는 견딜 수 없는 절망감[3]에 숨이 막힐 것 같은 날이라는 것이었다.

동욱은 소매와 깃이 너슬너슬한 양복저고리에, 교회에서 구제품으로 탄 것이라는, 바둑판처럼 사방으로 검은 줄이 죽죽 간 회색 즈봉(바지)을 입고 있었다. 무엇보다도 그의 구두가 아주 명물이었다. 개미

1 6·25 전쟁 참사의 간접적 표현.
2 행동을 통한 인물의 간접적 성격 제시.
3 핵심어. 전쟁이 가져다 준 피해 의식.

찰리 채플린 영국 출신의 희극 배우.

허리처럼 중간이 잘룩한데다가 •코숭이[4]만 주먹만큼 뭉툭 솟아 오른 검정 단화를 신고 있었다. 그건 꼭 채플린이나 신음직한 괴이한 구두였기 때문에, 잔을 주고받으면서도 원구는 몇 번이나 동욱의 발을 내려다보는 것이었다. 그 동안 무얼 하며 지냈느냐는 원구의 물음에, 동욱은 끼고 온 보자기를 끌고 스크랩북을 펴 보이는 것이었다. 몇 장 벌컥벌컥 뒤는데(뒤지는데) 보니, 서양 여자랑 아이들의 초상화가 드문드문 붙어 있었다. 그 견본을 가지고 미군 부대를 찾아다니며 초상화의 주문을 맡는다는 것이었다.

대학에서 영문과를 전공한 것이 아주 헛일은 아니었다고 하며 동욱은 닝글닝글 웃었다. 동욱의 그 닝글닝글한 웃음을 원구는 이전부터 몹시 꺼렸다. 상대방을 조롱하는 것 같은, 그러면서도 자조적(자신을 비웃는)이요, 어쩐지 친애감조차 느껴지는 그 닝글닝글한 웃음은, 원구에게 어떤 운명적인 중압을 암시하여 감당할 수 없이 마음이 무거워지는 것이었다. 대체 그림은 누가 그리느냐니까, 지금 여동생 동옥이와 둘이 지내는데, 동옥은 어려서부터 그림을 좋아하더니 초상화를 곧잘 그린다는 것이다. 동옥이란 원구의 귀에도 익은 이름이었다. 소학교 시절에 동욱이네 집에 놀러 가면 그때 대여섯 살밖에 안 되는 동옥이가 귀찮게 졸졸 따라다니던 기억이 새로웠다. 동옥은 그 당시 아이들 사이에 한창 유행되었던, '중중 때때중 바랑 메고 어디 가나.'를 부르고 다녔다.

그 사이 이십 년이라는 세월이 흐르고 보니 동옥의 모습은 전연 기억도 남지 않았다. 동욱의 말에 의하면 지난 번 1·4후퇴 당시 데리고 왔는데, 요새 와서는 짐스러워 후회될 때가 있다는 것이었다. 그의 남편은 못 넘어왔으냐니까, 뭘 입때 처년데 했다. 지금 몇 살인데 미혼이냐고 묻고 싶었지만, 원구는 혼기가 지난 동욱이나 자기 자신도 아직 독신인 걸 생각하고 여자도 그럴 수가 있을 거라고 속으로 주억거리며 그는 입을 다물었다. 동옥의 나이가 지금 이십 오륙 세가 아닐까 하고 원구는 지나간 세월과 자기 나이에 비추어서 속어림으로 따져 보는 것이었다.

술에 취한 동욱은 다자꾸(자꾸) 원구의 어깨를 한 손으로 투덕거리며, 동옥이 년이 정말 가엾어, 암만 생각해도 그 총기(총명함)며 인물이 아까워, 그런 말을 되풀이 하는 것이었다. 그리고는 다시 잔을 비우고 나서, 할 수 있나 모두가 운명인 걸 하고 고개를 흔드는 것이었다.[5]

동욱은 머리를 떨어뜨린 채 내가 자네람 주저 없이 동옥이와 결혼할 테야 암 장담하구말구, 혼잣말처럼 그렇게도 중얼거리는 것이었다. 종잡을 수 없는 동욱의 그런 말에 원구는 무슨 영문인지 모르면서, 암 그럴 테지 하는 동욱의 손을 쥐어흔드는 것이었다. 동욱은 음식집을 나와 헤어질 무렵에 두 손을 원구의 양 어깨에 얹고 자기는 꼭 목사가 되겠노라고 했다. 그것이 자기의 갈 길인 것 같다고 하며 이제 새 학기에는 신학교에 들어가겠다는 것이었다. 어깨가 축 늘어져서 걸어가는 동욱의 초라한 뒷모양을 바라보고 서서 원구는 또다시 동욱의 과거와 그 집안을 그려 보며, 목사가 되겠노라면서

---

4 물체의 뾰족하게 앞으로 내민 부분.

5 전쟁의 상실감을 강조하는 표현.

도 술을 사랑하는 동욱을 아껴 줘야겠다고 생각하는 것이었다.

발단 동욱 남매의 인물 소개(회상)

전차 전기의 힘을 동력으로 하여 궤도 위를 달리는 차량.

그 뒤, 원구가 처음으로 동욱을 찾아간 것은 사십 일이나 계속된 긴 장마가 시작된 어느 날이었다. 동래(東來) 종점에서 전차를 내리자, 동욱이가 쪽지에 그려 준 약도를 몇 번이나 펴보며, 진득진득 걷기 힘든 •비탈길[6]을 원구는 조심히 걸어 올라갔다. 비는 여전히 줄기차게 내리고 있었다. 우산을 받기는 했으나 비가 후려치고 흙탕물이 튀고 해서 정강이 밑으로는 말이 아니었다.

동욱이가 들어있는 집은 인가에서 뚝 떨어져 외따로이 서 있었다. •낡은 목조 건물[7]이었다. 한 귀퉁이에 버티고 있는 두 개의 통나무 기둥이 모로 기울어지려는 집을 간신히 지탱하고 있었다. 기와를 얹은 지붕에는 두세 군데 잡초가 반 길이나 무성해 있었다. 나중에 들어 알았지만 왜정 때는 무슨 요양원으로 사용되어 온 건물이라는 것이었다. 전면(前面)은 본시 전부가 유리 창문이었는데 유리는 한 장도 남아 있지 않았다. 들이치는 비를 막기 위해서 오른편 창문 안에는 가마니때기가 드리워 있었다. 이 •폐가[8]와 같은 집 앞에 우두커니 우산을 받고 선 채, 원구는 한 동안 움직이지 않았다. 이런 집에도 대체 사람이 살고 있을까? 아이들 만화책에 나오는 도깨비 집이 연상됐다. 금시 대가리에 뿔이 돋은 도깨비들이 방망이를 들고 쏟아져 나올 것만 같았다. 이런 집에 동욱과 동옥이가 살고 있다니 원구는 다시 한 번 쪽지에 그린 약도를 펴 보았다. 이 집임에 틀림이 없었다. 개천을 끼고 올라오다가 그 개천을 건너선 왼쪽 산비탈에도 도대체 집이라고는 이 집 한 채뿐이었다.

원구는 몇 걸음 다가서며 말씀 좀 묻겠습니다 하고 인기척을 냈다. 안에서는 아무런 응답이 없었다. 원구는 같은 말을 또 한 번 되풀이했다. 그래도 잠잠하다. 차차 거세가는 빗소리와 도랑물 소리뿐, 황폐한 건물 자체가 그대로 주검처럼 고요했다. 원구는 좀 더 큰 소리로 안녕하십니까? 하고 불러 보았다. 원구는 제 소리에 깜짝 놀랐다. 목에 엉켰던 가래가 풀리며 탁 터져 나오는 음성이 예상 외로 컸던 탓인지, 그것은 마치 무슨 비명처럼 들리었기 때문이다.

그러자 문 안에 친 거적 귀퉁이가 들썩하며, 백지에 먹으로 그린 초상화 같은 여인의 얼굴이 나타난 것이다. •살결이 유달리 희고 눈썹이 남보다 검은 그 여인[9]은 원구를 내다보며 좀처럼 입을 열지 않았다. 저게 동옥인가 보다고 속으로 생각하며, 여기가 김동욱 군의 집이냐는 원구의 물음에 여인은 말없이 약간 고개를 끄덕여 보였을 뿐이다. 눈썹 하나 까닥하지 않는 그 태도는 거만해 보이는 것이었다. 동욱 군 어디 나갔습니까 하고, 재차 묻는 말에도 여인은 먼저처럼 고개만 끄덕했다. 그리고 나서 •원구를 노려보는 듯한 그 눈

---

6 동욱 남매의 험한 인생을 상징하는 소재.

7 주변 환경을 나타내는소재로 인물이 처한 상황과 성격을 암시함.

8 전쟁이 남겨 놓은 폐허와 허무의식을 나타냄.

9 창백한 외양 묘사로 냉소적이고 폐쇄적인 성격임을 나타냄.

에는 까닭모를 모멸과 일종의 반항적 태도까지 서리어 있는 것이었다.[10]

여인이 혹시 자기를 오해하고 있지 않나 싶어, 정원구라는 이름을 밝히고 나서 동욱과는 소학교에서 대학까지 동창이었다는 것과 특히 소학 시절에는 거의 날마다 자기가 동욱이네 집에 놀러가거나, 동욱이가 자기네 집에 놀러 왔다는 것을 설명해 주었다. 그래도 여인의 표정에는 별다른 변화가 없었다. 원구는 한층 더 부드러운 음성으로 혹시 동욱 군의 여동생이 아니십니까? 동옥이라구…… 하고 물었다. 여인은 세 번째 고개를 끄덕여 보인 것이다. 그리고 비로소 그 얼굴에 •조소를 품은 우울한 미소가 약간 어리는 것이었다.[11]

비웃음

동욱이 어디 갔느냐니까 그제야 모르겠는데요 하고 입을 열었다. 꽤 맑은 음성이었다. 그러면 언제 들어올지 모르겠군요 하니까, 이번에도 동옥은 머리를 끄덕이는 것이었다. 무례한 동옥의 태도에, 불쾌와 후회를 느끼면서 원구는 발길을 돌이키는 수밖에 없었다. 동욱이가 돌아오거든 자기가 다녀갔다는 말을 전해 달라고 이르고 돌아서는 원구에게, 동옥은 아무런 인사도 하지 않았다.

물탕에 젖어 꿀쩍거리는 신발 속처럼 자기의 머리는 어쩔 수 없는 우울에 잠뿍 젖어 있는 것이라고 공상하며 원구는 호박 덩굴 우거진 철둑길을 걸어 나갔다. 그 무거운 머리를 지탱하기에는 자기의 목이 지나치게 가는 것같이 여겨졌다. 그것은 불안한 생각이었다. 얼마쯤 가다가 원구는 별생각이 없이 걸음을 멈추고 뒤를 돌아보았다. 안개비 속으로 보이는 창연한 건물은 금방 무서운 비명과 함께 모로 쓰러질 것만 같았다.

옆으로

자기가 발길을 돌리자 아마 쓰러질는지도 모른다는 생각에, 이제나 저제나 하고 집을 지켜보고 섰던 원구는 흠칫 놀라듯이 몸을 떨었다.[12] 창문 안에 드리운 거적을 캔버스 삼아 그림처럼 선명히 떠올라 있는 흰 얼굴이 눈에 띄었기 때문이었다. 그것은 동옥의 얼굴임에 틀림없었다. 어쩌자고 동옥은 비 뿌리는 창문에 붙어 서서 저렇게 짓궂게 나를 바라보고 있는 것일까? 어려서 들은, 여우가 사람을 홀린다는 얘기가 연상되어 전신에 오한(춥고 떨림)을 느끼며 발길을 돌이키는 원구의 눈앞에 찢어진 지우산을 받고 다가오는 사나이가 있었다. 다행이도 그것은 동욱이었다. 찬거리를 사러 잠깐 나갔다가 오노라는 동욱은, 푸성귀며 생선 토막이 들어 있는 저자구럭(장바구니)을 한손에 들고 있었다. 이 먼 델 비 맞고 왔다가 그냥 돌아가는 법이 있느냐고 하며 동욱은 원구의 손을 잡아끄는 것이었다. 말할 기력조차 잃은 사람처럼 원구는 묵묵히 뒤를 따라갔다. 좀 전의 동옥의 수수께끼 같은 태도는 더욱 이해할 수 없는 무거운 그림자가 되어 원구의 머리를 뒤집어씌우는 것이었다.

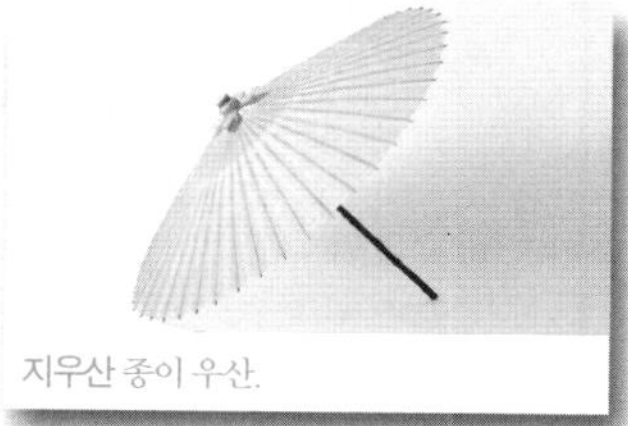
지우산 종이 우산.

동욱에게 재촉을 받고 방안에 들어서는 원구를 동옥은 반항적인 태도로 힐끔 쳐다보는 것이었다. 물론 일어서거나 옮겨 앉으려고도 하지 않았다.

---

10 동옥의 삶의 폐쇄성과 불구성이 드러나 있음.

11 인물의 행동을 통한 빈궁한 생활에 대한 묘사.

12 사건 결말을 암시하는 부분으로 집과 관련된 동옥의 불행을 암시함.

비 오는 날[13]인데다가 창문까지 거적대기로 가리어서 방안은 굴속같이 침침했다. 다다미 여덟 장 깔리는 방 안은 다다미 위에다 시멘트 종이로 장판 바르듯한 것이었다. 한편 천장에서는 쉴 사이 없이 빗물이 떨어졌다. 빗물 떨어지는 자리에 바께쓰가 놓여 있었다. 촐랑촐랑 쪼르륵 촐랑, 빗물은 이와 같은 연속적인 음향을 남기며 바께쓰 안에 가 떨어지는 것이었다. 무덤 속 같은 이 방 안의 어둠을 조금이라도 구해주는 것은 그래도 빗물 소리뿐이었다. 그러나 그 빗물 소리마저 바께쓰에 차츰 물이 늘어갈수록 우울한 음향으로 변해 가는 것이었다.

동욱은 별로 원구와 동옥을 인사시키거나 소개하려 하지 않았다. 동욱은 젖은 옷을 벗어서 걸고 런닝셔츠와 팬츠바람으로 식사 준비를 할 테니 잠깐만 앉아 있으라고 하고 부엌으로 나가는 것이었다. 부엌이라야 따로 있는 것이 아니라 비어 있는 옆방이었다. 다다미는 걷어서 벽 한구석에 기대어 놓아, 판장뿐인 실내에는 여기저기 빗물이 오줌발처럼 쏟아졌다. 거기에는 취사도구가 너저분하니 널려 있는 것이었다. 연기가 들어간다고 사잇문을 닫아 버리고 나서, 동욱은 풍로에 불을 피우느라고 부채질을 하며 야단이었다. 열 시가 조금 지난 회중시계를 사잇문 틈으로 꺼내 보이며 도대체 조반이냐 점심이냐는 원구의 질문에, 동욱은 닝글닝글하며[14] 자기들에게는 삼시의 구별이 없다고 했다. 언제든 배고프면 밥을 끓여 먹고 밥 생각이 없는 날은 종일이라도 굶고 지낸다는 것이었다.

풍로 흙이나 쇠붙이로 만들어 아래에 바람구멍을 내 불이 잘 붙게 만든 화로.

동욱이가 부엌에서 혼자 바삐 돌아가는 동안

동옥은 역시 •한 자리에 앉아 꼼짝도 하지 않았다.[15] 동옥은 가끔 하품을 하며 외국에서 온 낡은 화보를 뒤적이고 있었다. 그러한 동옥이와 마주앉아 자기는 도대체 무엇을 생각해야 하며 또한 어떠한 포즈를 지속해야 하는가? 원구는, 이런 무의미한 대좌(對坐)를 감당할 수 없어 차라리 부엌에 나가 풍로에 부채질이나마 거들어 줄까도 생가해 보는 것이었다. 그러나 고만한 행동도 이 상태로는 일종의 비약(飛躍)이라 적지 아니한 용기가 필요했다.

그러는 동안 원구는 별안간 엉덩이가 척척해 들어옴을 의식하였다. 바께쓰의 빗물이 넘어서 옆에 앉아 있는 원구의 자리로 흘러내린 것이었다. 원구는 젖은 양복바지 엉덩이를 만지며 일어섰다. 그제서야 동옥도 바께쓰의 물이 넘는 줄을 안 모양이다. 그러나 동옥은 직접 일어나서 제 손으로 치려고 하지도 않았다. 앉은 채 부엌쪽을 향하여, 오빠 물 넘어, 했을 뿐이었다. 동욱은 사잇문을 반쯤 열고 들여다보며 이년아, 네가 좀 치우지 못해? 하고 목에 핏대를 세웠다. 그러자 자기가 나서기에 절호한 기회라고 생각한 원구는 내가 내다 버리지 하고 한 손으로 바께쓰를 들어올렸다. 그러나 한 걸음도 미처 옮겨 놓을 사이도 없이 바께쓰는 철거렁 하는 소리와 함께 한 옆이 떨어지며 물이 좌르르 쏟아졌다. 손잡이의 한쪽 끝갈퀴가 구멍에서 벗겨진 것이었다.

순식간에 방바닥은 물바다가 되고 말았다. 여지껏 꼼짝도 않고

---

13 작품의 전체적 분위기와 밀접한 관련이 있는 제목임.

14 동욱의 냉소적 성격을 간접적으로 제시함.

15 동옥의 신체적 불구 표현.

앉아 있던 동옥도 그제만은 냉큼 일어나 한 걸음 비켜서는 것이었다. 그 순간 동옥의 동작이 예사롭지가 않았다. 원구에게 또 하나 우울의 씨를 뿌려주는 것이었다. 원피스 밑으로 드러난 동옥의 왼쪽 다리가 어린애의 손목같이 가늘고 짧았기 때문이다. 그러한 다리를 옮겨 디디는 순간, 동옥의 전신은 한쪽으로 쓰러질 듯이 기울어지는 것이었다. 동옥은 다시 한 번 그 가늘고 짧은 다리를 옮겨 놓는 일 없이, 젖지 않은 구석자리에 재빨리 주저앉아 버리고 말았다. •그리고는 희다 못해 파랗게 질린 얼굴에 독이 오른 눈초리로 원구를 잡아먹을 듯이 노려보는 것이었다.[16] 동옥의 시선을 피하여 탁류의 대하 가운데 떠 있는 것 같은 공포에 몸을 떨며, 원구는 마지막 기력을 다하여 허위적거리듯 두 발로 물 괸 방을 허위적거려 보는 것이었다.

그 뒤로는 비가 와서 가게를 벌일 수 없는 날이면 원구는 자주 동욱이네 집을 찾아가는 것이었다. 불구인 신체와 같이 불구적인 성격으로 대해 주는 동옥의 태도가 결코 대견할 리 없으면서도, 어느 얄궂은 힘에 조종당하듯이 원구는 또 다시 찾아가지 아니할 수 없는 것이었다. 침침한 방안에 빗물 떨어지는 소리가 듣고 싶어서일까? 동옥의 가늘고 짧은 한쪽 다리가 지니고 있는 슬픔에 중독된 탓일까? 이도 저도 아니면 찾아갈 적마다 차츰 정상적인 데로 돌아오는 동옥의 태도에 색다른 매력을 발견할 탓일까?

정말 동옥의 태도는 원구가 찾아가는 회수에 따라 현저히 부드러워지는 것이었다. 두 번째 찾아갔을 때 동옥은 원구를 보자 얼굴을 붉히었다. 그리고는 고개를 숙였다. 세 번째 찾아갔을 때는 원구를 보자 동옥은 해죽이 웃어 보인 것이었다. 그러나 그것은 우울한 미소였다. 찾아갈 때마다 달라지는 동옥의 태도가 원구에게는 꽤 반가운 것이었다.[17]

인사불성에 빠졌던 환자가 제 정신으로 돌아올 때처럼 고마웠다. 첫 번째 불렀을 때는 눈을 감은 채 아무런 반응도 없던 환자가, 두 번째 부르자 눈을 간신이 떴고, 세 번째 불렀을 때는 제법 완전히 눈을 떠서 좌우를 둘러보다가 물 좀 하고 입을 열었을 경우와 같은 반가움을, 원구는 동옥에게서 경험하는 것이었다.

두 번째 갔을 때에는 지난 번 빗물 쏟아지던 자리에 바께쓰가 놓여 있지 않았다. 그 자리에는 제창(알맞게) 떼꾼히 구멍이 뚫려 있었다. 주먹이 두어 개나 드나들 만한 그 구멍[18]은 다다미에서부터 그 밑의 널판까지 뚫려 있었다. 천장에서 흘러내리는 빗물은 그 구멍을 통과해 널판 밑 흙바닥에 둔탁한 음향을 남기며 떨어졌다. 기실 비는 여러 군데서 새는 모양이었다. 널빤지로 된 천장에는 사방에서 빗물 듣는 소리가 났다. 천장에 떨어진 빗물은 약간 경사진 한쪽으로 오다가 소 눈깔만한 옹이구멍 으로 새어 흐르는 것이었다.

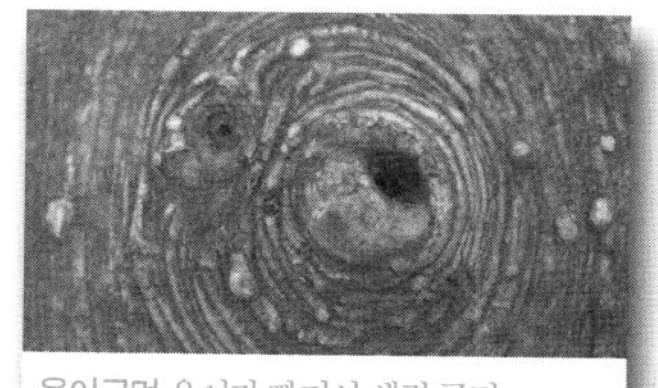
옹이구멍 옹이가 빠져서 생긴 구멍.

그 날만 해도 원구와 동욱이가 주고받는 말에, 비교적 냉담한 동옥이었다. 그러나 세 번째 갔을

16 동옥의 내면 심리를 간접적으로 나타내는 부분. 원구에 대한 증오라기보다는 자신의 처지에 대한 자학이 더 큼.

17 전쟁의 폐허 가운데 인간의 사랑만이 상처를 치유할 수 있다는 작가 의식이 드러나 있음.

18 원구와 동옥이 친해지는 매개체.

때부터는 원구와 동욱이가 웃을 때는 함께 따라 웃어주는 것이었다. 간혹 한두 마디씩은 말 추렴에도 들었다. 그날은 일찌감치 저녁을 얻어먹고 돌아오려고 하는데 •비가 하도 세차게 퍼부어서 자고 오는 수밖에는 없었다.[19] 한 손에 우산을 들고 선 채 회색 장막을 드리운 듯, 비에 뿌얘진 창밖을 내다보며 망설이고 있는 원구의 귀에 고집 피우지 말고 자고 가라는 동욱의 말에 뒤이어, 이런 비에는 앞도랑•에 물이 불어서 못 건너십니다, 하는 동옥의 음성이 들린 것이었다.

도랑 매우 좁고 작은 개울.

그날 밤 비로소 원구는 가벼운 기분으로 동옥에게 말을 걸 수가 있었던 것이다. 언제부터 그림 공부를 했느냐니까, 초상화 따위가 뭐 그림인가요, 하고 그 우울한 미소를 지어 보이는 것이었다. 원구는 동옥의 상처를 건드릴 만한 말은 일절 꺼내지 않았다. 어렸을 때 얘기가 나와서 어딜 가나 강아지 새끼처럼 쫓아다니는 동옥이가 귀찮았다는 말을 하고 중중 때때중을 자랑스레 부르고 다녔다니까 동옥의 눈이 처음으로 티 없이 빛나는 것이었다. 갑자기 동욱이가 중중 때때중하고 부르기 시작하자 동옥도 가느다란 소리로 따라 부르는 것이었다. 노래 소리가 그치고 나니 방안에는 빗물 떨어지는 소리가 유달리 크게 들렸다. 비가 들이치는 바람에 바깥 벽 판자 틈으로 스며드는 물은 실내의 벽 한 구석까지 적시기 시작하는 것이었다.

그런데 이상한 것은 •동옥을 대하는 동욱의 태도였다.[20]

대수롭지 않은 일에도 이년 저년하고 욕을 퍼붓는 것이다. 부엌에서 들여보내는 음식 그릇을 한 손으로 받는다고 해서, 이년아 한 손으로 그러다가 또 떨어뜨리고 싶으냐, 하고 눈을 흘겼고 남포에 불을 켜는 데 불이 얼른 댕기지 않아 성냥 알을 두 개비째 꺼내려니까 저년은 밥 처먹구 불두 하나 못 켜, 하고 노려보는 것이었다. 그럴 때마다 동옥은 말없이 마주 눈을 흘겼다. 빨래와 바느질만은 동옥의 책임이지만 부엌일은 언제나 동욱이가 맡아 한다는 것이었다. 동옥이가 변소에 간 틈에, 될 수 있는 대로 위로해 주지 않고 왜 그리 사납게 구느냐니까, 병신 고운 데 없다고 그년 맘 쓰는 게 모두가 틀렸다는 것이다. 우선 그림 값만 하더라도 얼마 전까지는 받아 오면 반씩 꼭 같이 나눠 가졌는데 근자에 와서는 동욱을 신용할 수가 없다고 대소에 따라 한 장에 얼마씩 또박또박 선금을 받고야 그려 준다는 것이었다. 생활비도 둘이 꼭 같이 절반씩 부담한다는 것이다. 동옥은 자기가 병신이기 때문에 부모 말고는 자기를 거두어 오래 돌봐 줄 사람이 없으리라는 것이다. 오빠도 언제든 자기를 버릴 것이 아니겠느냐, 그렇기 때문에 자기는 자기대로 약간이라도 밑천을 장만해 두어야 비참한 꼴을 면하지 않겠느냐고 한다는 것이었다. 그러한 동옥의 심중을 생각할 때 헤어져 있으면 몹시 측은하기도 하지만, 이상하게 낯만 대하면 왜 그런지 안 그러리라 하면서도 동욱은 다자꾸 화가 치민다는 것이다.

동옥은 불을 끄고는 외로워서 잠을 이루지 못한다고 했다. 반대

19 새로운 사건 전개에 대한 필연성을 부여함.

20 동욱의 가학적 성격 제시.

로 동욱은 불을 꺼야만 안심하고 잠을 들 수가 있다는 것이었다.[21] 동욱은 어둠만이 유일한 휴식이노라 했다. 낮에는 아무리 가만하고 앉았거나 누워 뒹굴어도 걸레처럼 전신에 배어 있는 피로가 가시지 않는다는 것이었다. 그러한 동욱은 심지를 낮추어서 희미하게 켜놓은 불빛에도 화를 내어 이년아, 아주 꺼 버리지 못해 하고 소리를 질렀다. 동옥은 손을 내밀어 심지를 조금 더 낮추었다. 그리고 나서 누가 데려 오랬나, 차라리 어머니하고 거기 있을 걸 괜히 왔지 하고 쫑알대는 것이었다. 그러자 동욱은 벌떡 일어나며 이년 다시 한 번 그 주둥일 놀려봐라 나두 너 같은 년 끌구 오구 싶지 않았다. 어머니가 하두 애원하시듯, 다 버리구 가더라두 네 년만은 데리구 가라구 하조르기에 끌구 와 이 꼴이다 하고 골을 내는 것이었다.

동욱은 말없이 저편으로 돌아누웠다. 어렴풋이 불빛이 있음에도 불구하고 어둠이 가슴을 내리누르는 것 같아서 원구는 오래도록 잠을 이룰 수가 없었다. 동욱도 잠이 안 오는 모양이었다. 동옥 역시 필경 잠이 들지 않았으련만 죽은 듯이 가만하고 있었다. 후두둑후두둑 유리 없는 창문으로 들이치는 빗소리를 들으며, 사십 주야(밤낮)를 비가 퍼부어서 산꼭대기에다 배를 묶어 둔 •노아[22] 네 가족만이 남고 이 세상이 전멸을 해 버렸다는, 구약 성경에 나오는 대홍수를 원구는 생각해 보는 것이었다.

그러다가 어렴풋이 잠이 들려고 하는 때였다. 커다란 적선으로 생각하고 동옥과 결혼할 용기는 없는가 하는 동욱의 음성이 잠꼬대같이 원구의 귀를 스쳤다. 원구는 눈을 떴다. 노려보듯이 천장을 바라보며 그는 반듯이 누워 있었다. 동욱의 입에서 다시 무슨 말이 흘러 나올지도 모른다는 긴장을 느끼면서, 그러나 동욱은 아무 말이 없었다. 빗물 떨어지는 소리만이 여전히 계속되고 있을 뿐이었다.

원구가 또다시 간신히 잠이 들락할 때였다. 발치 쪽에서 빠드득 하는 이상한 소리가 났다. 원구는 정신을 바짝 차리고 귀를 재웠다. 뱀에게 먹히는 개구리 소리 비슷한 그 소리는 뒷벽 쪽에서 들리는 것이었다. 원구는 이번에는 상반신을 일으키고 앉아 귀를 기울이는 것이었다. 그 바람에 동욱이도 눈을 떴다.

저게 무슨 소리냐고 한 즉, 뒷방의 계집애가 자면서 이 가는 소리라는 것이었다.[23] 이 뒷방에도 사람이 사느냐니까 육순이 넘은 노파가 열 두 살 먹은 손녀를 데리고 산다고 했다. 그 노파가 바로 이 집 주인인데 전차 종점 나가는 길목에 하꼬방(구멍가게) 가게를 내고 담배, 성냥, 과일, 사탕 같은 것들을 팔아서 근근이 생활해 가고 있다는 것이었다. 뒷집 소녀는 잠만 들면 반드시 이를 간다는 것이었다. 동욱도 처음 며칠 밤은 그 소리에 골치를 앓았지만 요즘은 습관이 되어 괜찮노라고 했다. 이러한 방에서 빗물 떨어지는 소리와 이 가는 소리를 듣고 지나면 아무라도 신경과민이 될 것이라고 생각하며, 원구는 좀 전에 동욱이가 잠꼬대처럼 한 말의 의미를 되새겨 보는 것이었다.

전개 동욱의 집을 찾아간 원구

21 전쟁으로 인해 형성된 대조적인 성격.

22 구약성서에 나오는 '노아의 방주' 이야기의 주인공.

23 피폐한 인간의식을 드러내고 있음.

사오 일 지나서였다. 오래간만에 비가 그치고 제법 날이 훤해져서 잡화를 가득 벌여 놓은 리어카를 지키고 섰노라니까, 다 저녁때 원구의 어깨를 툭 치는 사람이 있었다. 동욱이었다. 그는 역시 소매와 깃이 다 처진 저고리와 검은 줄이 간 회색 즈봉을 입고 있었다. 옷이라고는 그것밖에 없는 모양이라 비에 젖은 것을 그냥 짜서 말리곤 해서 여기 저기 구김살이 져 있었다. 그보다도 괴이한 채플린식의 검정 단화의 주먹 같은 코숭이가 말이 아니었다. 장화 대용으로 진창을 막 밟고 다녀서 온통 흙투성이였다. 그러한 동욱의 꼴에 원구는 이상하게 정이 갔다.

리어카를 주인집에 가져다 맡기고 와서 저녁을 같이 하자고 원구는 동욱의 손을 끌었다. 동욱은 밥보다도 술 생각이 더 간절하다고 했다. 두 가지 다 먹을 수 있는 집으로 원구는 동욱을 안내했다. 술이 몇 잔 들어가 얼근해지자 동욱은 초상화 '주문 도리'(받음)를 폐업했노라고 했다. 요즘은 양키들도 아주 약아져서 까딱하면 돈을 잘리거나 농락 당하기가 일쑤라는 것이다. 거기에다 패스 없는 사람의 출입을 각 부대가 엄중히 단속하기 때문에 전처럼 드나들 수가 없다는 것이었다. 며칠 전에는 돈 받으러 몰래 들어갔다가 순찰 장교에게 걸려서 하룻밤 몽키 하우스의 신세를 지고 나왔다는 것이다.

더구나 요즘은 국민병 수첩까지 분실했으므로 마음 놓고 거리에 나와 다닐 수도 없다는 것이었다. 분실계를 내고 재교부 신청을 하라니까, 그 때문에 동회로 파출소로 사오 차나 쫓아다녀 봤지만, 까다롭게만 굴고 잘 들어 주지 않는다는 것이다. 까짓 거 나중에는 산수갑산엘 갈 망정 내버려 둘 테라고 했다. 그래 차라리 군에라도 들어가 버릴까 싶어, 마침 통역 장교를 모집하기에 그 원서를 타러 나왔던 길이노라고 했다. 어디 원서를 좀 구경하자니까 동욱은 능글능글 웃으며 수속이 하두 복잡하고 번거로워 아예 단념하고 말았다는 것이다.

동욱은 한동안 말이 없이 술잔을 빨고 앉았다가, 가끔 찾아와서 동옥을 좀 위로해 주라는 것이었다. 세상 사람들이 모두 자기를 조소하고 멸시한다고만 생각하고 있는 동옥은, 맑은 날일지라도 일절 바깥 출입을 않고 두더지처럼 방에만 처박혀 산다는 것이다. 그리고 모든 사람에게 반감을 품고 있다는 것이다. 그러한 동옥도 원구만은 자기를 업신여기지 않고 자연스레 대하여 준다고 해서 자주 찾아와 주기를 여간 기다리지 않는다고 했다.

초상화가 팔리지 않게 된 다음부터는 동옥은 초조와 불안 속에서 한층 더 자신의 고독을 주체하지 못해 쩔쩔맨다는 것이었다. 동욱은 그러한 동옥이가 측은해 못 견디겠노라고 했다. 언젠가처럼, 내가 자네람 동옥이와 결혼할 테야, 암 하구 말구, 하고 동욱은 고개를 주억거리는 것이었다. 술집을 나와 동욱은 이번에도 원구의 손을 꼭 쥐고 자기는 기어코 목사가 되겠노라고 했다. 동옥을 위해서나 자기 자신을 위해서나 그것만이 이 무거운 짐을 조금이라도 덜 수 있는 유일한 길인 것 같다는 것이었다.

위기 초상화 그리는 일도 끊긴 동욱 남매의 비참한 생활상

그 뒤에 한 번은 딴 볼일로 동래까지 갔던 길에 동욱이네 집에 잠깐 들른 일이 있었다. 역시 그날도 장마는 구질구질 계속되고 있었

다. 우산을 접으며 마루에 올라서도 동욱만이 머리를 내밀고 맞아 줄 뿐 동옥의 기척이 없었다. 방에 들어가 보니 동옥은 담요로 머리까지 푹 뒤집어쓰고 죽은 사람처럼 누워 있었다. 이틀째나 저러고 자빠져 있다고 하며 동욱은 그 까닭을 설명했다. 동옥은 뒷방에 살고 있는 주인 노파에게 동욱이도 모르게 이만 환이나 빚을 주고 있었는데, 노파는 이 집까지도 팔아먹고 귀신같이 도주해 버렸다는 것이다.[24] 어제 아침에 집을 산 사람이 갑자기 이사를 왔기 때문에 그 사실을 알았는데, 이게 또한 어지간히 감때사나운(인정 없는) 자여서 당장 방을 비워 내라고 위협하듯 한다는 것이다. 말을 마치고 난 동욱은, 요 맹꽁이 같은 년아, 글쎄 이게 집이라구 믿고 돈을 줘 하고 발길로 동옥의 옆구리를 걷어찼다. 이년아, 이만 환이면 구화로 얼만 줄 아니, 이백만 환이야, 내 돈을 내가 떼였는데 오빠가 무슨 상관이냐구. 그래, 내가 없으면 네년이 굶어 죽지 않구 살 테냐? 너 같은 병신이 단 한 달을 독력으로 살아? 동욱은 다시 생각해도 악이 받치는 모양이었다.

원구를 위해 동욱은 초밥을 만든다고 분주히 부엌으로 들락날락 했으나 원구는 초밥을 얻어먹자고 그러고 앉아 견딜 수는 없었다. 그보다도 동옥이 이틀 동안이나 아무 것도 먹지 않고 저러고 누워 있다고 하니, 혹시 동욱이가 잠든 틈에라도 몰래 일어나 수면제 같은 것을 먹고 죽어 있지나 않는가 싶어 불안한 생각이 솟았다. 원구는 조금이라도 더 앉아 견디기가 답답해서 자리를 일어서며 아무래도 방을 비워 주어야 하겠거든 자기도 어디 구해 보겠노라고 하니까, 동욱이가 인가(人家) 많은 데를 싫어하기 때문에 이 근처에다 외딴 집을 구하는 수밖에 없다는 동욱의 대답이었다.

절정 돈을 떼어먹힌 동욱 남매의 절망

그 뒤로는 원구도 생활에 위협을 느끼기 시작했다. 한 달 가까이나 장마로 놀고 보니 자연 시원치 않은 장사 밑천을 그럭저럭 축내게 된 것이다. 원구가 얻어 있는 방도 지리한 비에 습기로 눅눅해졌다. 벗어놓은 옷가지며 이부자리에까지도 곰팡이가 끼었다. 그의 마음 속까지 곰팡이가 스는 것 같았다. 이런 날, 이런 음산한 방에 처박혀 있자니, 동욱과 동옥의 일이 자연 무겁고 우울하게 떠오르는 것이었다. 점심 때가 되어서 원구는 퍼붓는 비를 무릅쓰고 집을 나섰다. 오늘은 동욱이와 마주 앉아 곰팡이 슨 속을 씻어 내리며, 동옥이도 위로해 줘야겠다고 생각하고 원구는 술과 통조림을 사들고 찾아갔다.

낡은 목조 건물은 전과 마찬가지로 금방 쓰러질 듯 빗속에 서 있었다. 유리 없는 창문에는 거적도 그대로 드리워 있었다. 그러나, 동욱이, 하고 원구가 불렀을 때 곰처럼 마루로 기어 나오는 •사나이[25]는 동욱이가 아니었다. 이 집에 살던 젊은 남녀는 어디 갔느냐는 원구의 물음에, 우락부락하게는 생겼으되 맺힌 데가 없이 어딘가 허술해 보이는 사십 전후의 그 사나이는, 아하 당신이 정(丁) 뭐라는

24 비참한 상황 제시로 실의와 체념을 심화시킴.

25 비정하고 메마른 사회상을 상징하는 지극히 현실적인 인물.

사람이냐고 하고, 대답 대신 혼자 머리를 끄덕끄덕하는 것이었다. 원구가 재차 묻는 말에 사나이는 자기가 이 집주인이노라 하고 나서, 동욱은 외출한 채 소식 없이 돌아오지 않게 되었고, 그 뒤 동옥 역시 어디로 가 버렸는지 모르겠다는 것이었다. 동욱이가 안 돌아오는 지는 열흘이나 되었고 동옥은 바로 이삼 일 전에 나갔다는 것이다.

원구는 더 무슨 말이 없이 서 있었다. 한 손에 보자기 꾸러미를 들고 한 손으로는 우산을 받고 선 채, 원구는 사나이의 얼굴만 멍하니 바라보는 것이었다. 원구는 그대로 발길을 돌려 몇 걸음 걸어가다가 되돌아와 보자기에 싼 물건을 끌러 주인 사나이에게 주었다. 이거 원, 하며 주인 사나이는 대뜸 입이 해 벌어졌다. 그리고는 자기 여편네와 아이들이 장사 나갔기 때문에 점심 한 그릇 대접할 수는 없으나 좀 올라와 담배라도 피우고 가라고 권하는 것이었다.

무슨 재미로 쉬어 가겠느냐고 하며 원구가 돌아서려니까, 주인은 잠깐만 하고 불러 세우고 나서, 대단히 죄송하게 되었노라고 하며 사실은 동옥이가 정(丁) 누구라고 하는 분이 찾아오면 전해 달라고 편지를 맡기고 갔는데, 그만 간수를 잘못해서 아이들이 찢어 없앴다는 것이다. 그래도 아무 말 않고 멍청히 서 있는 원구를 주인 사나이는 무안한 눈길로 바라보며, 동욱은 아마 십중팔구 군대에 끌려 나갔을 거라고 하고, 동옥은 아이들처럼 어머니를 부르며 가끔 밤중에 울기에 뭐라고 좀 나무랐더니, 그 다음날 저녁에 어디론가 나가 버렸다는 것이다.

죽지나 않았을까, 자살을 하든 굶어 죽든…… 하고 혼잣말처럼 중얼거리며 돌아서는 원구의 등에다 대고, 중요한 옷가지랑은 꾸려 갖고 간 모양이니 자살을 할 의사는 없었음이 분명하고, 한편 병신이긴 하지만 얼굴이 고만큼 밴밴하고서야 어디가 몸을 판들 굶어 죽기야 하겠느냐고 주인 사나이는 지껄이는 것이었다. 얼굴이 고만큼 밴밴하고서야 어디 가 몸을 판들 굶어 죽기야 하겠느냐는 말에, 이상하게 원구는 정신이 펄쩍 들어 이놈 네가 동옥을 팔아먹었구나 하고 대들 듯한 격분을 마음속 한구석에 의식하면서도, 천근의 무게로 내리누르는 듯한 육체의 중량을 감당할 수 없이 그는 말없이 발길을 돌이키었다.

이놈, 네가 동옥을 팔아먹었구나 하는 흥분한 소리가 까마득히 먼 곳에서 자기를 향하고 날아오는 것 같은 착각에 오한을 느끼며, 원구는 호박 덩굴 우거진 밭두둑 길을, 앓고 난 사람 모양 허적거리는 다리로 걸어 나가는 것이었다.

결말 동욱 남매가 떠나고 없는 집을 찾아간 원구

출전 : 『문예』, 1953

작품 줄거리

원구는 1·4후퇴 때 월남하여 부산에서 잡화를 팔며 살고 있다. 원래 원구는 법학을 전공한 학생이었다. 원구는 어릴 때 친구인 동욱을 만났다. 동욱은 영문학을 전공한 목사 지망생으로 착실한 학생이었고, 그에게는 그림을 좋아하는 신체 불구자인 동생 동옥이 있다. 그들은 동욱이 미군에게 초상화를 주문받아 오면 그것을 동옥이가 그려서 생활한다. 그들은 인가에서 외진 곳, 황폐한 집에 산다. 동옥이 사람 많은 것을 싫어하기 때문이다.

장마가 진 어느 날 원구가 동욱의 집을 찾아가나 동옥은 자조적인 웃음을 지으며 원구를 냉담하게 대한다. 돌아오는 길에 원구는 동욱을 만나 다시 집으로 들어간다. 지붕은 비가 새어 방안에 양동이를 받쳐 놓았는데 빗물이 가득한 것을 버리려다 쏟고 만다. 그때 물을 피하려 일어나는 동옥을 보고야 원구는 동옥이 다리 불구라는 것을 안다. 그 후 비오는 날이면 자주 그 집을 방문하는데, 점차 동옥이 원구를 대하는 태도도 좋아진다.

그러던 어느 날 동욱은 그의 유일한 생계인 초상화 작업마저 못하게 된다. 그리고 동옥이 너무 불안해하니 자주 찾아와 위로해 주라는 부탁을 동욱에게서 듣는다. 비오는 날 다시 그들을 찾아가니, 동옥이 그 동안 모아 둔 돈을 주인 노파가 갖고 도망쳤다며 더욱 절망에 빠져 있다. 엎친 데 덮친 격으로 동욱과 동옥이 세 들어 살던 집마저 주인이 몰래 팔고 도망가 버려 결국 그 집에서 쫓겨나게 된다.

원구가 한 달여 만에 그 집을 방문했을 때 이미 그들은 떠나고 없다.

아마도 동욱은 군대에 끌려가고, 동옥은 주인 녀석이 사창가에 팔아 먹은 것 같다는 격분과 자책감을 안고 돌아온다.

작가 파일

손창섭 1922~2010

소설가로 평북 평양 출생이다. 어려서 만주와 일본 등지를 전전하며 공부했다. 1952년 「공휴일」로 『문예』에 추천을 받아 등단한 후 1973년 일본에 건너가 귀화했다. 6 · 25 이후 1950년대의 음울한 사회 분위기와 불구적 인간형을 그려 전후 대표작가라는 평가를 받고 있다. 그는 초기에 심신 장애자를 주인공으로 하는 소설을 많이 썼고, 후기에는 비정상적 삶을 영위하는 인간을 대상으로 하는 소설을 많이 썼다. 주요작품에 「잉여인간」, 「낙서족」, 「인간동물원초」 등이 있다.

독후 활동

1 이 소설에서 '비'내리는 배경이 주는 효과에 대해 말해 보자.

2 이 소설에는 등장인물의 대화가 간접화법으로 처리되어 있다. 그것이 주는 작품 전체의 분위기에 대해 말해 보자.

이 소설은 신과 프로메테우스가 대화를 나누는 5분 동안의 시간을 내용으로 하고 있다. 이 5분 동안, 지상의 세계는 주로 지도적인 위치에 있는 인물들의 온갖 부정과 파렴치한 행위가 판을 치는 세상으로 그려지고 있다.

작자는 상황에 좌절하는 인간이 아닌 극한 상황에서도 적극적으로 반항하는 인간형을 제시하고 있다. 소극적이며 순응적인 인간상을 배제하고 인간의 존엄성과 정의 수호를 위해 적극적으로 행동하는 인간형을 창조한 것이다. 이 작품에서의 프로메테우스는 바로 이러한 유형의 인물이다.

지상 세계를 다스려 보겠다던 신의 의지는 프로메테우스에게 꺾이고, 신이 떠난 인간에게 남는 것은 감당할 수 없는 무질서와 부패뿐이다. 결국 신과 프로메테우스 사이의 오 분간의 회담은 소득 없이 끝나고, 신은 '제3의 존재'를 기다리겠다고 말하면서 한탄한다.

김성한

오 분간

핵심정리

갈래 단편소설
배경 시간 : 전후 사회의 현실
공간 : 신의 세계와 지상의 세계의 중간 지대
시점 3인칭 전지적 작가 시점
주제 신의 섭리와 현실의 부조리에 대한 인간 정신의 항의

•프로메테우스[1]가 코카서스의 바윗등에서 녹슨 쇠사슬을 끊은 것은 천사가 도착하기 일분 전이었다. 2천 년을 두고 비바람을 맞는 동안 그는 모진 고난 속에서 자유를 창조하였다. 쇠사슬을 끊은 것은 결코 자유가 그리워서 한 일이 아니었다. 당초에 그렇게도 지긋지긋이 밉살스럽던 쇠사슬도 2천 년의 고난을 같이 한 지금에 와서는 도리어 정다움을 느끼게 하였다. 그저 호기심에서 한번 툭 채어 본 것이 끊는 결과를 가져왔을 뿐이다. 그 자신으로서는 쇠사슬은 결코 자유와 속박의 경계선이 아니었다. 장구한 세월을 두고 쇠사슬과 겨룬 끝에 쇠사슬을 짓밟는 논리를 배운 것이었다.

그러기에 쇠사슬이 썩은 새끼 모양으로 끊어진 후에도 그냥 그 자리에 머물러 있었다. 이천 년의 과거는 바윗등에 한 개 움직일 수 없는 무엇으로 결정(結晶)되어 버티고 있는 것이었다.

"신께서 지금 당장 올라오시랍니다."

등장인물

이 소설에는 이정민, 프로메테우스, 신이 등장한다.
이정민은 한국의 뒷골목을 배회하는 인물로,
이 소설의 시대적 상황(6 · 25 직후)을 잘 반영해 주는 인물이다.
프로메테우스는 신의 독선과 잔인성을 증오하고 그에 반항하며,
신은 자신의 창조물에 대한 회의에 빠져든다.

소리도 없이 나타난 천사는 생긋 웃으면서 애교를 떨었다. 2천 년 만에 처음 보는 이 모습에도 그는 놀라지 않았다. 눈 한 번 깜빡이지 않고 뚫어지게 보다가 그는 물었다.

"얘, 너 기집애냐, 사내냐?"[2]

"아이 참, 신께서 올라오시래요."

"기집애냐, 사내냐 말이다……."

"천사에 무슨 성별이 있어요? 그건 지상의 기준이에요."

---

1 그리스 신화에 나오는 프로메테우스는 제우스를 속여 인간에게 '불'을 훔쳐다 주었을 뿐 아니라 문명과 여러 기술을 가르쳐 준 인류의 친구임. 그는 제우스가 인간에 대하여 노했을 때에도 신과 인간의 중간에 서서 인간을 대변해 주기도 함. 이런 그의 행동이 제우스의 분노를 사게 되어 코카서스 산정(山頂)의 바위에 쇠사슬로 묶인 채 독수리에게 간을 쪼아 먹히는 형벌을 받음. 그는 수천 년 동안 말할 수 없는 고통을 극한적 인내로 견뎌 왔고, 그 결과 그는 부당한 압제에 반항하는 의지력의 상징으로 여겨져 옴.

2 신의 권위를 부정하는 질문.

천상에서 훔친 불을 인간에게 가져다주어 제우스의 분노를 산 그리스 신화의 영웅 프로메테우스.

"지상의 기준?"

프로메테우스는 한 걸음 다가서 얼굴을 천사에게 부딪칠 듯 들이대면서 말을 이었다.

"그렇다, 지상의 기준으로 너는 무어냐 말이다."[3]

"남자도 여자도 아니에요."

"흥 그럴 거다. 너 따위 중성이 그 자를 둘러싸구 있으니까 죽두 밥두 안 되지 뭐냐 말이다."[4]

"전 그런 건 몰라요. 신께서 오시라는데 빨리……."

"응, 알았다. 오라구 해서 갈 내가 아니다. 고기를 많이 먹구 얼마나 살쪘나, 그렇잖아두, 한번 꼬락서니를 보려던 참에 잘 됐다."

"그런 천벌 맞을 소리! 고기라군 냄새만 맡아두 질색이신데."

프로메테우스는 돌아서 손가락으로 멀리 벌판을 가리켰다.

"얘, 기집애야!"

"뭐라구? 저더러 기집애라구?"

"내 눈에는 틀림없는 기집애니까 기집애라구 하는 거 아냐?"

"프로메테우스가 기집애라면 천사두 기집애 될까?"

"땅 위에 내려와서까지 주둥아릴 맘대루 놀리다간 큰코다칠 줄만 알아. 여기는 내 땅이란 걸 알아야지. 일찍이 너의 나라에서는 달이여 나타나라 하니 달이 나타났다지. 여기서는 내가 나타나라는 건 무어든지 나타나고야 만다. 너 따위 하나쯤이야……."

3 자신의 세계인 지상의 기준을 제시하여 신과 대등한 지위에 있음을 과시하고 있음.

4 빈정대는 말투로 신의 섭리 부정.

천사는 화가 나서 팽 돌아서 금시 날아가려고 했다. 프로메테우스는 날갯죽지를 부여잡아 주저앉혔다.

아인슈타인 독일 태생의 이론 물리학자. 광양자론, 상대성 이론의 개척자.

"요놈의 기집이, 여기는 내 세계라니까. 눈을 들어 저 아래를 내려다보아라. 지금 너의 신이 잡아가는 생명이 얼마나 많은지 똑똑히 보란 말이다. 이 넓은 목장에 짐승과 풀을 뜯어먹고 사는 사람이라는 동물을 길렀다가 때가 차면…… 아 저것 봐, 아인슈타인을 또 잡아가는구나…… 저렇게 잡아다 먹는 거 아냐, 제멋대로 뛰놀아서 노린내 나는 놈은 지옥 칸에 쓸어넣었다가 염라대왕더러 먹으라 하구, 염란지 무엔지 찌끼나 먹는 더러운 자식…… 그리구 티 하나 안 묻은 깨끗한 놈만 골라 잡아서는 천당 칸에 비장했다가 살금살금 혼자 먹는 거 아니냐 말이다."

천사는 여기서 일대 충성심을 발휘하였다.

"먹긴 누가 먹어요? 그런 억설루(억지소리) 신성을 모독……."

"한 번 더 일러둔다. 여긴 내 세계야. 저어기 인도 평야를 봐라. 기차가 달리지? 너의 나라에 기차가 있던? 그보다 더 큰 걸 보여줄까? 태평양 저쪽을 좀 보기로 합시다, 숙녀께서. 저 무럭무럭 일어나는 것이 원자탄이란 거야. 나는 유형지(귀양살이 하는 곳) 이 지상에서 내 자유를 창조하고 내 방향을 결정하고 내 환상을 구현했어…… 저런 것두 신이 주신 거라구 공을 가루채진 않겠지……."

"그렇게 어려운 건 난 몰라요. 하지만 신이 사람을 잡아먹다니, 이런 벼락 맞을 소리가 어딨어요?"

"흥, 안 잡아먹어? 얘, 깨끗이 살아서 천당인가 극락인가 한 데 들어갔던 석가니 공자니, 이순신이니, 아우구스티누스니 다 어디 갔어? 잡아서 날고기를 먹지 않았나 말이다."

아우구스티누스 고대 그리스도교의 사상가. 『고백론』의 저자.

천사는 할 말이 있을 듯하면서도 무어라 대답해야 할지 몰라 딴전을 쳤다.

"늦었다구 큰일 날 텐데 어서 갑시다."

"신의 명령을 거역하면 너의 윤리로는 최대의 죄악이지, 가 보려무나."

"아이 참, 모시구 오라구 하셨는데."

프로메테우스는 껄껄 웃었다.

"허허…… 모시구 오라는 걸 못 모시구 가두 큰 죄지. 성가신 시어머니 모시기보다두 더 골치 아프겠다. 불쌍하구나."

"딴 소리 말구 빨리 가요."

천사는 발을 동동 굴렀다.

"가지, 그러나 여기 한 가지 조건이 있다. 나는 너의 나라에까진 못 가겠다. 속여서 데려다 놓구선, 껀을 잡아서 또 쇠사슬에 맬라구. 이천 년을 고생했으니 그만 건 다 알구 있어. 가서 이렇게 말해라. 중립 지대에서 만나잔다구. 신의 세계와 내 세계의 중간 말이다."[5]

천사는 또 발을 굴렀다.

---

5 신과의 대등함을 나타냄.

"아이 빈정대지 말구 어서 가세요."

"요놈의 계집이, 이것은 최대의 양보다! 이게 싫거든 여기 와서 만나라구 해라!"

프로메테우스가 소리를 빽 지르자 천사는 겁을 집어먹고 날아가 버렸다.

간디 인도의 비폭력 독립운동 지도자.

그림자같이 밤낮 따라다니는 천사를 코카서스로 보내고 나서 신은 혼자 조용히 앉아 투명한 아인슈타인의 얼을 집어삼켰다. 연전에 모한다스 K. 간디 의 얼을 씹어 먹은 이후 처음 맛보는 성찬이었다.

간디는 자기의 진지한 충복이었다. 깨끗한 맛은 있어도 이렇다 할 반응은 없었다. 그러나 이번 아인슈타인의 경우는 일종의 흥분까지 느꼈다. 자기에게 충실하면서도 90도의 직각으로 달아나는 이 자의 얼은 푸등푸등한 물고기를 잡는 맛이 있었다.

널찍한 아메리카 벌판에서 말 한 마디로 지구 전체를 쩡쩡 울리는 이 고기를 그물로 냉큼 떠올렸을 때의 감격이란 이루 형언할 수 없었다. 그물 속에서 훌쩍훌쩍 뛰는 것을 숨통을 한 대 갈기니 옆으로 쓰러졌다. 아담과 이브의 풍속을 따라 아니꼽게 걸친 옷을 잡아 벗기고 한 주먹으로 쓱 쳐드니, 티 하나 없이 미끈하고 투명했다.

맑은 수증기 속에 잠깐 담갔다가 다시 끄집어 내 가지고 자색 구름에 걸터앉아 먹기 시작하였다. 봄바람이 산들산들 불어왔다. 광활한 세계였다. 거칠 것이 없었다. 기분이 좋았다. 절대를 부인

하는 상대성의 원심성은 후춧가루같이 짜릿짜릿한 맛이 있었다.

먹다가 곁눈을 팔았다. 신은 깜짝 놀랐다. 프로메테우스란 놈이 쇠사슬을 끊었다. 이것은 일대사가 아닐 수 없었다. 여태까지는 제 아무리 수작을 부린다 하여도 내 사슬에 얽매어 있었거늘, 거기는 넘을 수 없는 제약이 있었다. 그러나 사슬에서 풀려 나왔다는 것은 무한한 자유를 의미한다. 내 목장을 송두리채 약탈할 최대의 위기다.

프로메테우스가 왼눈을 똑바로 뜨고 쳐다본다. 신은 질렸다. 예전같이 젊어서 기운이나 팔팔하면 단박 내려가서 없애 버리겠지마는, 이젠 늙어서 그 힘이 없다. •더구나 지상에는 프로메테우스 균이 우굴우굴하는 판이다.[6]

프로메테우스가 천사의 날갯죽지를 휘감아 쥐고 무어라고 중얼거린다.

"저 놈이 저렇게까지 시건방지게 됐나? 조화가 무쌍하기에 좀 불러다가 톡톡히 훈계를 할려 했는데……."

땅 둘레는 온통 프로메테우스 왕국으로 전화하고, 이번에는 자기가 이 고장에 유형(귀양)을 당하는 신세가 될 판이다.

다가오는 검은 구름을 입바람으로 불어 버리고 유심히 내려다보았다. •지상은 날나리 판었다.[7] 활개 치는 프로메테우스의 아들딸들은 괴상한 곡에 맞춰서 룸바를 추고 있었다. 산과 들과 강과 바다, 앉아 돌아가고 거꾸로 돌아가고 서서 돌아가고, 입춤, 어깨

---

6 신에 저항하는 인간을 말함.

7 부패하고 부조리한 인간 세계 제시.

춤, 팔춤, 다리춤 — •내일은 없고 오늘만이 존재하고 자기만이 으뜸이고 남은 보잘 것 없고, 긁어서 속여서 빼앗아 배만 채우면 그만이었다.[8]

자기의 아들 딸들은 교회니 절간이니 성당이니 하는 케케묵은 집에 모여들어 가느다란 모가지를 빼들고 장단도 안 맞는 노래를 부르다가는 무어라고 중얼거리며 기도라는 것을 한답시고 입을 놀리고 있었다. 입만 놀리면 천하대사가 저절로 풀리는 줄 아는 모양이었다. 거기다가 또 슬금슬금 곁눈을 판다. 룸바 곡이 그리운 모양이었다.

기척도 없이 부는 바람에 백발이 날렸다. 신은 정신없이 지상을 내려다보면서 생각에 잠겼다. •목장[9]의 황폐는 이루 형언할 수 없었다.

그렇다고 프로메테우스는 결코 왕기(王器)는 아니다. 재치 있는 회계관은 될지언정 왕기는 못 된다. 지(知)로 시종할 뿐 덕이 없다. 결국 지상은 무주(無主)의 땅이 될 것이다. 분립, 항쟁의 마당이 될 것이니, 나도 프로메테우스도 아닌 무지의 유령이 억센 팔뚝으로 휘감아 쥐고 짓밟아 제패할 것이다.

왕이 될 만한 그릇

길은 오직 하나 있을 뿐이었다. 프로메테우스와 손을 잡는 것이었다. 이천 년 풍상에 갈고 닦은 그의 머리를 내 회계관으로 이용하는 데 있다.

모진 세월

발단 신과 프로메테우스의 갈등

신과 프로메테우스는 중립 지대 구름 위에서 일 대 일로 회담을 열었다. 멀리 지상 풍경은 한폭의 파노라마같이 눈에 들어왔다. 뚱뚱한 신은 숨이 차서 허덕이고, 초췌한 프로메테우스는 두 눈만 유난히 반짝인다. 신은 한바탕 트림을 하고 이빨을 쑤시면서 말했다.

"그동안 잘 있었느냐?"

프로메테우스는 입을 한 번 삐쭉하면서 흘겨보고 코웃음을 쳤다.

"쇠사슬에 얽어매 놓구 죽기만 기다리던 양반이 잘 있었느냐구? 도대체 그런 말이 어디서 나오는 거요?"

신은 눈을 부릅떴다.

"이놈, 내가 누군 줄 알고 함부로 입을 놀리는 거냐?"

지상에서는 신과 프로메테우스의 괴뢰들이 제각기 자기가 옳다고 자기가 잘났다고 팔뚝질을 하였다.

비오 12세는 외쳤다.
이탈리아의 성직자

"종교 분열 이후 교계를 어지럽힌 모든 종파는 자기의 잘못을 회개하고 가톨릭으로 귀정하라."

몰로토브는 〈프라우다〉 지에 대서특기하였다.
소련의 정치가

"모든 종교는 아편 이다. 가장 과학적인 유물변증법만이 진리다. 모든 종교를 타도하자. 부르조아적 지식 체계를 하루바삐 청산하라. 지상에서 자본주의 국가를 말살하자."

비구승과 대처승은 한국 각처에서 어둠을 헤치고 주먹질을 하였다.
여승 처를 거느린 중

"너 같은 것두 중이냐? 파계하구, 술 먹구, 계

아편 덜 익은 양귀비 열매에 상처를 내어 흘러나온 진(津)을 굳혀 말린 고무 모양의 흑갈색 물질. 진통제・진경제・마취제・지사제 따위로 쓰이는데, 습관성이 강한 중독을 일으키므로 약용 이외의 사용을 법으로 금하고 있다.

8 인간 세계의 부조리한 면을 드러내어 전후 혼란스러운 사회상을 풍자함.

9 인간 세상. 인간을 신의 먹이로 나타냄.

집질하구, 감투 운동하는 작자가 무슨 중이냐? 절간은 내 절간이다. 내놓으란 말이다. 이 자식아!"

"너 같이 시대에 역행하구 거지 노릇하는 케케묵은 송장 같은 자식이 무슨 중이란 말이냐? 시대가 달라졌단 사실을 알아야지. 절간은 내 절간이다. 얼씬하다가 모가지를 비틀어 죽여버린다, 이 도둑놈아!"

부흥회에서 설교하던 장로와 목사는 책상을 두드리며 외쳤다.

"세상을 구할 자는 오직 우리 장로교밖에 없습니다. 천주교에서 구호 물자를 많이 준다고 그리로 달아나는 사람은 이를테면 구할 수 없는 마귀의 꼬임에 빠진 것입니다. 여러분 그렇게 물질이 그립습니까…… 자 다 같이 마음을 가라앉히고 주기도를 올립시다. 하늘에 계신 우리 아버지 이름을 거룩하게 하옵시며…… 우리를 시험에 들지 말게 하옵시고 다만 악에서 구하옵소서. 대개 나라와 권세와 영광이 아버지께 영원히 있사옵나이다. 아멘."

프로메테우스는 못마땅해서 옆을 향하여 휘파람을 불었다. 신이 일찍이 이렇게 무엄한 놈은 본 일이 없었다. 화가 치밀어서 온몸이 떨렸으나 참을 수밖에 없었다. 침을 꿀꺽 삼키고 억지로 웃음까지 띄웠다.

"저걸 좀 내려다보아라. 과거는 잊어버리자. 저걸 수습해야 할 거 아니냐? 요컨대 너와 나의 싸움이니 적절히 타협하잔 말이다."

프로메테우스는 머리를 흔들었다.

"그게 역사죠. 역사는 당신과 나의 투쟁의 기록이니까."

"그러나 이건 진전이 아니라 말세다."

"당신의 종말이 가까웠으니까……."

"내 종말은 즉 세상의 종말이 아니냐?"

"흥, 그거 또 괴상한 얘기로군."

장 폴 사르트르 프랑스의 실존주의 철학자, 소설가.

사르트르는 입에 거품을 물면서 열변을 토하였다.

"일찍이 나는 신으로부터의 자유를 부르짖었습니다. 인간의 제약성 중에서 가장 뿌리 깊은 것이 무엇인지 아십니까? 그것은 신입니다. 신은 로고스[10]라고 자인하지 않았습니까? 그것은 설사 실제로 우주를 창조했다 할지라도 단 한 번밖에 없는 현상입니다. 조작된 이 현상의 관념이 천당과 지옥을 들고 우리를 협박하고 있는 것입니다. 이것을 분명히 인식하고 자기 창조의 길을 선택하느냐 못하느냐, 여기 인생의 기로가 있는 것입니다. 이 용단이야말로 겹겹으로 싸여 있는 자아의 감옥 창살을 부수고 무한과 영원과 전체와 일치하는 계기를 이루는 것입니다."

수상의 자리에서 떨어진 길전무(일본의 정치가)는 화가 나서 어둠을 타고 몰래 명치신궁 앞에 세 번 절하고 손뼉을 딱딱 쳤다.

"메이지 덴노사마(천황폐하), 하토야마란 놈을 하루속히 죽어 자빠지게 하옵소서. 내가 덴노사마의 손주가 불쌍해서 다시 한번 가미사마로 떠받들려구 공작하는 도중에 이놈이 훼방을 놓았으니 가미가제(신풍)를 휙 불려서 반대당을 모조리 싹 쓸어가 버리소서."

10 logos, 만물 간의 질서를 구성하는 통일적 원리로서의 이성.

바오다이는 리비에라 별장에서 발가숭이 첩을 싹싹 어루만지면서 젖통을 쪽쪽 빨았다. 아까 도박에서 잃은 5만 불이 약간 아깝지마는 하는 수 없었다.

"고 딘 디엠이란 놈이 건방지게시리 나를 파면해? 내가 저를 파면한다는 건 말이 돼두. 그까짓 나라야 망하건 말건, 마담, 나는 당신이 좋아."

"사내가 그게 뭐유? 더구나 대낮에. 일국의 원수가 이게 무슨 꼴이우? 하여튼 오늘은 잘 해 주께 내일은 어서 돌아가 삼군의 선두에 서서 레오니다스(스파르타의 왕)처럼 목숨을 걸고 싸우시이소야."

"듣기 싫어, 다릴 좀 더 벌려. 주땜므(사랑해)."

종로 기생은 노래를 불렀다.

"인생 일장춘몽이니 아니 놀지를 못하리라."

백발을 바람에 날리면서 신은 크게 한숨을 지었다. 프로메테우스는 한편 가엾기도 하지마는 이가 갈리게 고초를 겪은 생각을 하면 건드리지 않을 수가 없었다.

"백만 년을 두고 성령의 피를 빨았으니 이제 그 독재의 임종을 슬퍼하는 길입니까?"

신은 묵묵히 앉아서 멀리 지상계를 내려다보면서 지극히 감개무량한 표정이었다. 이윽고 그는 장탄식을 하였다.

"허허 — 생각하면 세상도 변했구나…… 그러나 만물의 씨를 뿌려야 하고, 길러야 하고, 때가 오면 목을 잘라서 없애버려야 하는 내 일도 결코 쉬운 일은 아니었다. 너희들은 이것을 신의 독재라 하고 신의 호사라 하지마는, 절대로 그렇지 않다. •시지프스[11]의 운명을 신의 형벌이라고 하지 말아라. 그것은 스스로 마련한 길이었다. 나도 일정한 궤도를 달려서 오늘에 이르렀다. 이것은 내가 택한 나의 무거운 짐이었다."

김 국장은 흥에 겨워서 기생을 껴안았다.

"너 오늘밤 나하구 안 잘래?"

허 사장은 한잔 술을 부어 공손히 대감께 바쳤다.

"사업이 이만큼 된 것은 그저 대감 덕택이올시다. 앞으로 조금만 더 대부해 주시면 만사형통이겠습니다."

북경 방송은 5개년 계획 제2년도 성과를 발표하였다.

"작년보다 다음 같은 증산을 보였습니다. 강철은 × %, 자전거는 □%, 밀가루는 △%, %, %, %, %, 평균, ◎%."

프로메테우스는 듣는 둥 만 둥 하면서 손가락을 딱딱 울렸다. 너는 너, 나는 나라는 태도가 역력히 보였다. 신은 다시 입을 닫치고 멀리 허공을 쳐다보다가 북경 방송에 깜짝 놀란 듯이 정색을 하였다.

"아, 또 협박이로구나. 저 소리만 들으면 온몸이 오싹오싹한다. 노끈을 가지고 각각으로 목을 졸라매는 것만 같구나. 너는 너의 안티테제 앞에 그냥 범연히 앉아 있을 수 있느냐?"

"남의 걱정이 좀 지나치지 않을까요?"

한마디 던지고 그는 돌아앉았다. 신은 힐끔 쳐다보다 입맛을 다

---

11 그리스 신화에 나오는 교활하고 욕심이 많은 왕. 사신(死神)을 속였다 하여 바위를 산 위로 굴려 올리는 영원한 고통의 형벌을 받음.

셨다.

"지나치게 자기 재주를 믿는 것도 사고야. 이제 막다른 골목이라는 것을 알아야지."

"막다른 골목에도 빠질 구멍은 있답니다."

"강철에도 구멍이 있다더냐? "

"뚫으면 있죠."

"자신도 도를 넘으면 오만이야."

히로히토(일본 천황)는 황실 생물학 연구소에서 미꾸라지를 만지작거리다가 오줌이 마려워서 사루마다에 몇 방울 똑똑 떨어뜨리면서도 늠름한 태도로 변소에 갔다. 아끼히도(일본 황태자)는 목간통에서 모가지의 때를 벗기다가 음모에 흥미를 느끼고 자로 재 보았다. 최장 1촌 5푼, 최단 3푼. 나세르(이집트 대통령)는 카델 오다의 유령을 보고 기겁을 했다. 그는 정신없이 외쳤다.

"나기브는 오다의 일파다. 지식분자의 앞잡이다. 지식분자를 숙청해라. 힘은 무지의 아들이다. 애급 천하에서 지식을 없애라!"

중절모 꼭대기의 가운데를 눌러쓰는, 챙이 둥글게 달린 신사용 모자.

성격분열증에 걸린 •이정민[12]은 중절모•를 넌지시 젖혀 쓰고 종로 3가 여관 대문 간 방을 뚫어지게 들여다보면서 알맞는 여성을 물색하는 중이었다. 지게꾼 개똥쇠는 하루 품삯 200백 환에서 20환을 떼어 막걸리 한잔 걸치고 남대문 지하실로 휘청거리며 들어갔다.

김 목사는 강 전도사와 교회 뒷간에서 키스하였다. 금산사 주지 박 스님은 개고기에 약주 한 잔 얼근히 취해서 장 과부를 껴안았다. 유강도는 황 집사네 맏딸을 강간하는 중이었다. 뇌물을 받아먹고 예심으로 형무소에 갇힌 법관은 고물고물 생각하였다.

"……가만 있자, 그 자는 수십 년 친구라고 해 두자. 친구끼리 돈을 주고받는다, 이건 무상으로 할 수 있는 노릇이니까…… 그렇지, 빠질 구멍은 여기 있겠다."

덜레스는 성명서를 발표하였다.

미 국무장관

"중공이 이 이상 한 걸음이라도 자유세계의 영역을 침범할진대 대량 보복을 각오해야 할 것이다. 이것은 적당한 시기와 적당한 장소에서 원자탄을 포함하는 모든 무기에 의한 대량적 보복을 의미한다."

네루는 혼자 중얼거렸다.

인도 수상

"싸워서는 안 된다, 원자력은 평화 사업에 이용해야 한다."

원자력 위원장 스타라우스는 TV에서 말했다.

"새로 나온 수소탄의 위력은 도저히 상상조차 할 수 없는 정도이기 때문에 그 실험을 중지한 것입니다."

네바다에서는 또 원자탄이 터졌다.

신과 프로메테우스는 말없이 마주앉았다. 무한과 영원이 교차하는 점에 구원의 정적을 간직한 침묵이었다. 프로메테우스는 침묵이 싫고 정지가 싫었다. 네바다에서 터지는 원자탄 소리에 그는 신이 나서 무릎을 쳤다.

"원자탄이 터지는구나. 아, 기분이 좋다."

---

12 이 소설의 주인공으로 6·25 이후 부조리한 사회를 살아가는 반항적 인물.

그리스 신화에 나오는 교활하고 욕심이 많은 왕, 시지프스는 사신을 속여 바위를 올렸다 내렸다를 반복하는, 영원한 고통의 형벌을 받았다.

프로메테우스의 거동을 뚫어지게 보던 신은 조용히 말했다.

"그것은 내 큰 실수였다. 일찍이 나는 너를 잘못 보았다. 만물, 어느 것이나 한 번 스타트한 것은 제자리에 머물러 있지 않듯이, 지(知)도 구르고 유발하고 비약한다는 것을 생각지 못하였다. 이 관성의 법칙을 최고도로 발휘한 것은 너 프로메테우스일 게다. 옛날 불을 훔쳐가던 프로메테우스는 살금살금 내 지혜를 훔쳐서 이제 너는 이를테면 지의 로고스다. 그러나 지라는 것은 다양성, 분열 대립성이 있어서 폭발은 되어도 용해는 안 된다는 것을 알아야 한다. 이제 너두 극한에 가까운 듯하구나."[13]

이정민은 골라잡았다. 엉덩이가 유난히 큰 계집이었다. 다른 여자들은 킥킥 웃었다. 정민은 눈을 흘기고 엉덩이와 함께 다른 방으로 나가려는 판이었다.

"하필이면 항아리 같은 엉덩일 골라잡아?"

"눈깔이 아니라 뜸자리지."

"고년 석 달 만에 처음 맛을 보겠구나."

안방으로 들어간 줄만 알았던 정민은 어둠 속에서 구두를 찾다가 문을 홱 열어 젖히고 두 눈을 부라렸다.

"이 더 — 러운 년들아, 내가 엉덩이 보러 왔지 상판 보러 온 줄 알았더냐?"

프로메테우스는 일어서 발끝으로 장단을 맞추면서 콧노래를 불렀다. %는 계속 되었다. 신도 천천히 일어서 그의 어깨에 손을 얹고

---

13 현대사회의 비극에 대한 작가의 인식이 간접적으로 드러나 있음.

타일렀다. 그러나 그는 외면을 하고 있었다.

"프로메테우스, 이것이 공동의 위기라는 것을 알아야 한다. 아까도 말했지마는, 너헌테는 종합적 기준이 없어. 네 아무리 자신이 있다 하여도 분립 폭발 충돌을 거듭하는 과정에서는 남의 밥밖에는 될 것이 없다. 다행히 나에게는 기준이 있어. 아니 나는 보편적 기준 자체다. 그러니 우리가 합쳐야만 살 길이 트인다는 말이다."

"그래서?"

"나를 도와달란 말이다."

"어떻게요?"

"내 부하가 돼서 내 시키는 대로 해달란 말이다."

프로메테우스는 배를 거머안고 너털웃음을 쳤다.

"허허…… 허허……, 영감님, 프로메테우스는 아리스토텔레스는 아닙니다요."

신은 고개를 숙이고 눈만 깜빡였다.

전개 신과 프로메테우스의 회담

애란(아일랜드)의 메마른 땅을 갈던 농부 마틴은 보습에 걸려 나온 켈트족의 두개골을 발길로 찼다.

"더 — 러워서, 오늘은 재수 없게 이 따위가 다 튀어나와."

이 대학생, 김 대학생, 주 대학생, 안 여자 대학생은 비밀 댄스홀에서 춤을 추다가 걸상에 걸터앉아 맥주를 마시면서 한숨 돌리고 재잘거렸다.

"평론가 K는 돼먹지 않았다. M은 그 따위로 소설가라구? T는 케케묵은 자식이 데데해서(보잘 것 없어서). 그 원 참 사르트르, 까뮈, 카프카, 리처즈, 포크너, 헤밍웨이, 모리악, 리드, 스펜더, 알베레스, 무어니 무어니 해두 한국에서는 우리가 제일이다. 이런 이름은 아무도 모를게다."

"얘 가만 있자, 줄리앙 반다가 어떤 사람이더라?"

"줄리앙 반다가 무어냐?"

"하여튼 불란서 사람인 것만은 아는데. 에에또 너의 집에 인명사전이나 문예 사전이 없니?"

"없다!"

"시시한 소리 말구 맥주나 마셔, 마드모아젤 안, 왈츠 한번 춥시다."

왈츠 3박자의 경쾌한 춤곡. 또는 그에 맞추어 남녀가 한 쌍이 되어 원을 그리며 추는 춤.

"얘 정다산(정약용)이 어딨는 산이니?"

"전라도쯤 있겠지 그까짓 건 그렇구, 에라스무스(네덜란드의 학자)란 게 무슨 뜻이니?"

"에라는 에로에 통하구, 스무스는 정확하게 발음하면 스무— 쓰니까 결국 연애가 잘 돼간다는 뜻이지 뭐야!"

잘난 학생들은 입을 놀리고, 왈츠곡은 울리고, 이정민은 깔고 누웠던 여자를 밀어젖히고 벌떡 일어나 앉았다. 어둠 속에서 허덕이는 자기의 자세가 너무나 역력히 눈앞에 떠오른 것이었다.

"인텔리[14] 근성."

그는 이렇게 중얼거렸으나 환상은 어쩔 수 없는 중압으로 육박해

14 지식인, 지식층을 나타내는 말로 러시아어 intelligentsia에서 옴.

왔다. 또 발작이 일어났다. 아무 저항 없는 공기도 겹겹이 싸인 성벽 같이 느껴졌다. 벗어나려고 몸부림쳤다.

"후우 — 이놈의 세상은 왜 이렇게 나만 못살게 구는 거야! 응, 신? 후 — 이름이 좋아 신이더냐? 그렇게 은총이 철철 흐르는 작자가 왜 내가 아오지 탄광에서 강제 노동할 때 손톱 하나 까딱 안 했느냐 말이다. 내게 힘없는 것만이 탈이다. 힘만 있어 보아라, 찢구 받구 부수구 모조리 녹초를 만들어 없애 버린다. 후 — 이 더 — 러운 년아 모가지를 쑥 잡아 빼라, 어서 내 앞에서 없어지지 못하느냐!"

주먹으로 뒷통수를 한 대 갈기고, 버둑거리는 것을 발길로 찼다. 모자부터 집어 쓰고 아무렇게나 옷을 주워 걸치고는 휘청거리면서 대문밖에 나섰다. 여자가 뒤를 따라 나와 악을 썼다.

"이 도둑놈아 사람은 왜 치는 거야아!"

이정민은 서슴지 않고 협낭에서 돈 한 뭉치 집어서 냅다 던졌다.

주머니

"옛다 이걸 받아먹구 하루 빨리 죽어 자빠져라."

안 여자 대학생은 왈츠에 지쳐서 땀이 흐르고 길전무(吉田茂)는 층층대를 내려오고, 박 스님은 장 과부와 입을 맞췄다.

세상은 부글부글 끓었다. 걷잡을 수 없는 혼돈 속에서 교지와 폭력과 간악이 활개를 치면서 신의 옆구리를 차겠다고 날치는 판이었다. 신의 얼굴에는 결심의 빛이 나타났다.

간사한 지혜

"정녕 안 되겠느냐?"

프로메테우스는 응수하였다.

"영감이 한 번 내 부하가 되시구려!"

신은 발을 굴렀다.

"이놈, 이 무엄한 놈아! 나는 나다!"

"나두 나죠."

"어쩔 테냐!"

"흥."

"맘대루 해라!"

"맘대루 해라!"

회담은 오 분간에 끝나고 제각기 자기 고장을 향해서 아래위로 떠났다. 도중에서 신은 혼자 중얼거렸다.

"아! 이 혼돈의 허무 속에서 제 삼 존재의 출현을 기다리는 수밖에 없다. 그 시비를 내 어찌 책임질쏘냐."

절정 회담의 결렬

이정민은 행길에 나서 크게 숨을 내쉬었다.

"후 — 세상은 여전하구나, 지프차두 가구, 아따 기생은 웃구, 하이어가 달리구 사내자식은 휘청거리구, 더 — 럽다 더 — 러워, 관성의 법칙이로구나."[15]

결말 변함 없는 일상적 삶의 모습

출전 :『사상계』, 1955

15 부조리한 현실 세계가 계속됨을 나타냄.

작품 줄거리

프로메테우스가 코카서스의 바위에서 이천 년 만에 녹슨 쇠사슬을 끊은 것을 안 신은, 천사를 보내어 그에게 데려오게 한다. 그러나 프로메테우스는 자기를 다시 쇠사슬에 묶어 두기 위한 계략으로 생각하고 다시는 속지 않을 것이라고 한다. 신은 인간 세계의 유명한 자들의 얼을 잡아먹고 있었다. 신의 흉계를 알아차린 프로메테우스는 천사에게 신의 세계와 그의 세계 중간에서 만나자고 제의하고 싫으면 그만두라고 한다.

그 소식을 들은 신은 프로메테우스가 괘씸하기는 하나 그냥 둘 수 없으므로, 중립지대인 구름 위에서 일대일 회담을 한다. 처음 회담이 시작되면서 지구상에서는 신과 프로메테우스의 괴뢰들이 제각기 자기가 옳고 자기가 잘났다고 서로 손가락질하면서 서로의 종교를 비난한다. 사르트르는 신을 부정하는 열변을 토하고, 일본의 수상이었던 길전무는 명치 신궁 앞에서 소원을 빌고, 고딘 디엠에게 파면당한 바오다이는 첩을 끼고 놀고 있고, 종로의 기생은 노래를 불러댄다. 그들은 자신의 종교 믿음만이 옳고 다른 종교는 그르다고 비판한다. 신은 프로메테우스와 타협하여 이러한 일을 수습하고자 하나 프로메테우스는 머리를 흔든다.

신과 프로메테우스의 회담이 계속되는 사이 이정민이라는 한국 인물이 등장한다. 이정민은 한국의 뒷골목을 배회한다. 당시의 시대 상황이 그만큼 혼란한 시기였음이 군데군데 부각된다. 세상은 혼돈 그 자체다. 폭력, 간악이 활개를 치고 있다. 신과 프로메테우스와의 회담은 결국 오 분만에 끝나고 그들은 각자 자기 고장으로 가 버린다. 이때 신은 떠나면서 "이 혼돈의 허무 속에서 제3 존재의 출현을 기다리는 수밖에 없다."는 독백을 남긴다.

작가 파일

김성한 1919~2010

소설가로 함경남도 풍산 출생으로 일본과 영국 등지에서 수학했다. 그는 1954년 단편집 『암야행』을 발간하였고, 1955년에는 「오 분간」을, 그리고 이듬해에는 「바비도」를 발표하였다. 6·25 이후 1950년대에 발표된 그의 소설은 소극적이며 순응적인 인간상을 배제하고, 인간의 존엄성과 정의의 구현을 적극적으로 실천하는 행동적 인간형을 창조했다는 점에서, 다른 1950년의 작가들과 구별된다는 평을 듣는다. 주요 작품에 「바비도」, 『요하』 등이 있다.

독후 활동

1 이 소설에서 신과 프로메테우스를 대립시켜 얻는 효과에 대해 말해 보자.

2 이 소설에는 실제 사회 지도층 인물이라 할 만한 여러 사람이 등장한다. 그들을 광범위하게 끌어다 쓴 이유를, 소설의 주제를 드러내는 효과 면에서 말해 보자.

이 소설은 이기주의자이자 기회주의자인 이인국이라는 인물을 통해 사회 지도층 인사들의 행태를 비판하고 있는 3인칭 전지적 작가시점의 인물소설이다. 작가 전광용은 냉철한 사실적 시선을 바탕으로 현실의 부조리를 고발하면서 인간의 존엄성과 끈질긴 생명력을 추구하는 소설을 썼는데, 이 소설에도 그러한 그의 태도가 잘 나타나 있다. 이인국은 일제시대엔 잠꼬대를 일어로 할 정도로 완전한 황국신민으로 살아가고, 해방 후에는 친일파로 처단될 뻔하지만 친소파에서 다시 친미파로 변신을 거듭하면서 일신의 영화를 누린다.

우리는 이 소설을 통해 상황에 따라 최고 권력자에게 빌붙어 살아가는 변절적 순응주의자들에게 일침을 가하는 작가의 의도를 파악할 수 있다.

전광용

꺼삐딴 리

• 꺼삐딴 '꺼삐딴'은 영어의 캡틴(captain)에 해당하는 러시아 어로 '우두머리' '왕초'의 뜻. 제목에서도 이 소설이 이인국이라는 인물에 초점이 맞춰져 있음을 알 수 있음.

핵심정리

갈래 단편 소설, 인물소설, 풍자소설
배경 시간 : 해방과 6 · 25를 전후한 1940 ~ 1950년대
공간 : 북한과 남한
시점 3인칭 전지적 작가 시점
주제 시류와 타협하면서 자신의 안녕만을 위해 순응해 가는 기회주의적 인간 비판

수술실에서 나온 이인국(李仁國) 박사는 응접실 소파에 파묻히듯이 깊숙이 기대어 앉았다.

그는 백금 무테 안경을 벗어 들고 이마의 땀을 닦았다. 등골에 축축이 밴 땀이 잦아 들어감에 따라 피로가 스며 왔다. 두 시간 이십 분의 집도(수술). 위장 속의 균종(菌腫) 적출(들어냄). 환자는 아직 혼수상태에서 깨지 못하고 있다.

수술을 끝낸 찰나 스쳐 가는 육감 그것은 성공 여부의 적중률을 암시하는 계시 같은 것이다. 그러나 오늘은 웬일인지 뒷맛이 꺼림칙하다.

그는 항생질 의약품이 그다지 발달하지 않았던 일제 시대 부터 개복 수술에 최단 시간의 기록을 세웠던 것을 회상해 본다.

맹장염이나 포경 수술, 그 정도의 것은 약과다. 젊은 의사들에게 맡겨 버리면 그만이다. 대수술의 경우에는 그렇게 방임할 수만은 없

등장인물

이 소설에 등장하는 주요 인물은 이인국이다.
그 외 나미, 아내(전처), 아들(원식), 혜숙(후처), 스텐코프, 브라운이 나온다.
이인국은 외과 의사로, 권력에 기생하여
돈을 버는 데만 몰두하는 이기주의자이자 기회주의자이다.
그 외 나머지 인물들은 이 작품이 이인국의 인생 역정에만
초점을 맞추고 있기 때문에, 그의 생애를 그려내는 데
필요한 소도구 역할만 한다.

다. 환자 측에서도 대개 원장의 직접 집도를 조건부로 입원시킨다. 그는 그것을 자랑으로 삼아 왔고 스스로 집도하는 쾌감을 느꼈었다.

그의 병원 부근은 거의 한 집 건너 병원이랄 수 있을 정도로 밀집한 지대다. 이름 없는 신설 병원 같은 것은 숫제(아예) 비 장날 시골 전방(가게)처럼 한산한 속에 찾아오는 손님을 기다리고 있는 형편이다.

그러나 이인국 박사는 일류 대학 병원에까지 손을 쓰지 못하여 밀려오는 급환자들 틈에 끼여 환자의 감별에는 각별한 신경을 쓰고 있다.

그것은 마치 여관 보이가 현관으로 들어서는 손님의 옷차림을 훑어보고 그 등급에 맞는 방을 순간적으로 결정하거나 즉석에서 서슴지 않고 거절하는 경우와 흡사한 것이라고나 할까.[1]

이인국 박사의 병원은 두 가지의 전통적인 특징을 가지고 있다.

---

1 직업이 의사이면서 의술을 이용하여 돈만 벌려는 이기주의자의 면모가 드러남.

병원 안이 먼지 하나도 없이 정결하다는 것과, 치료비가 여느 병원의 갑절이나 비싸다는 점이다.

그는 새로운 환자의 초진(初診)에서는 병에 앞서 우선 그 부담능력을 감정하는데서부터 시작한다. 신통하지 않다고 느껴지는 경우에는 무슨 핑계를 대든가, 그것도 자기가 직접 나서는 것이 아니라 간호원더러 따돌리게 하는 것이다.

그렇게 중환자가 아닌 한 대부분의 경우, 예진(豫診)은 젊은 의사들이 했다. 원장은 다만 기록된 진찰 카드에 따라 환자의 증세와 아울러 경제 제도를 판정하는 최종 진단을 내리면 된다.

상대가 지기(아는 사람)나 거물급이 아닌 한 외상이라는 명목은 붙을 수가 없었다. 설령, 있다 해도 이 양면 진단은 한 푼의 미수(未收)나 결손도 없게 한 그의 인생을 통한 의술 생활의 신조요 비결이었다.

그러기에 그의 고객은, 왜정 시대는 주로 일본인이었고, 현재는 권력층이 아니면 재벌의 셈속에 드는 축이어야만 했다.

그의 일과는 아침에 진찰실에 나오자 손가락 끝으로 창틀이나 탁자 위를 훑어 무테 안경 속 움푹한 눈으로 응시하는 일에서 출발한다.

이때 손가락 끝에 먼지만 묻으면 불호령이 터지고, 간호원은 하루 종일 원장의 신경질에 부대껴야만 한다.

아무튼 그의 단골 고객들은 그의 정결한 결벽성에 감탄과 경의를 표해 마지않는다.

•1·4 후퇴 때 청진기가 든 손가방 하나를 들고 월남한 이인국 박사다.[2] 그는 수복(1950. 9 서울 수복)되자 재빨리 셋방 하나를 얻어 병원을 차렸다. 그러나 이제는 평당 50만 환을 호가하는 도심지에 타일을 바른 2층 양옥

을 소유하게 되었다. •그는 자기 전문인 외과 외에 내과, 소아과, 산부인과 등 개인 병원을 집결시켰다. 운영은 각자의 호주머니 셈속이었지만, 종합 병원의 원장 자리는 의젓이 자기가 차지하고 있다.[3]

이인국 박사는 양복 조끼 호주머니에서 십팔금 •회중시계[4]를 꺼내어 시간을 보았다.

회중시계 몸에 지닐 수 있게 만든 작은 시계.

2시 40분!

미국 대사관 브라운 씨와의 약속 시간은 이십 분밖에 남지 않았다. 이 시계에도 몇 가닥의 유서 깊은 이야기가 숨어 있다. 이인국 박사는 시계를 볼 때마다 참말 '기적' 임에 틀림없었던 사태를 연상하게 된다.

왕진 가방과 38선을 넘어온 피난 유물의 하나인 시계, 가방은 미군 의사에게서 얻은 새것으로 갈아 매어 흔적도 없게 된 지금, 시계는 목숨을 걸고 삶의 도피행을 같이 한 유일품이요, 어찌 보면 인생의 반려(伴侶)이기도 한 것이다.

밤에 잘 때에도 그는 시계를 머리맡에 풀어놓거나 호주머니에 넣은 채로 버려두지 않는다. 반드시 풀어서 등기 서류, 저금통장 등이 들어 있는 비상용 캐비닛 속에 넣고야 잠자리에 드는 것이었다. 거기에는 또 그럴 만한 연유가 있었다. •이 시계는 제국 대학을 졸업할 때 받은 영예로운 수상품이다.[5] 뒤쪽에는 자기 이름이 새겨져 있다.

---

2 시대적 배경을 제시함.

3 이인국의 이기주의적 처세관이 드러나 있음.

4 '회중시계' 는 과거 회상의 매개체, 현재와 과거를 이어주는 역할을 함.

5 주인공의 친일 경력을 암시함.

그 후 삼십여 년, 자기 주변의 모든 것이 변하여 갔지만 시계만은 옛 모습 그대로다. 주변뿐만 아니라 자기 자신은 얼마나 변한 것인가. 이십대 •홍안[6]을 자랑하던 젊음은 어디로 사라진 것인지 머리카락도 반백이 넘었고 이마의 주름은 깊어만 간다. 일제시대, 소련국 점령 하의 감옥 생활, 6·25 사변, 삼팔선, 미군 부대, 그동안 몇 차례의 아슬아슬한 죽음의 고비를 넘긴 것이다.

•'월삼 17석'[7]

우여곡절 많은 세월 속에서 아직도 제 시간을 유지하는 것만도 신기하다. 시간을 보고는 습성처럼 째각째각 소리에 귀기울이는 때의 그의 가느다란 눈매에는 흘러간 인생의 축도가 서리는 것이었다. 그 속에서도 각모(角帽)와 쓰메에리 학생복을 벗어버리고 신사복으로 갈아입던 그날의 감회를 더욱 새롭게 해 주는 충동을 금할 길 없는 것이었다.

발단 회중시계를 통해 과거를 회상하는 이인국

•이인국 박사는 수술 직전에 서랍에 집어넣었던 편지에 생각이 미쳤다.[8]

미국에 가 있는 딸 나미. •본래의 이름은 일본식의 나미코다.[9]

해방 후 그것이 거슬린다기에 나미로 불렀고 새로 •기류계[10]에 올릴 때에는 코(子)를 완전히 떼어 버렸다.

나미짱! 딸의 모습은 단란하던 지난날의 추억과 더불어 떠올랐다.

온 집안의 재롱동이였던 나미, 그도 이젠 성숙했다. 그마저 자기 옆에서 떠난 지금, 새로운 정에서 산다고는 하지만 이인국 박사는 가끔 물밀어 오는 허전한 감을 금할 길이 없었다.

아내는 거제도 수용소에 있을 때 죽었고, 아들의 생사는 지금껏 알 길이 없다.

서울에서 다시 만나 후처로 들어온 혜숙(蕙淑), 이십 년의 연령차에서 오는 세대의 거리감을 그는 억지로 부인해 본다. •그러나 혜숙의 피둥피둥한 탄력에 윤기가 더해가는 살결에 비해 자기의 주름잡힌 까칠한 피부는 육체적 위축함마저 느끼게 하는 때가 없지 않았다.[11]

그들 사이에서 난 돌 지난 어린것, 앞날이 아득한 이 핏덩이만이 지금의 이인국 박사의 곁을 지켜주는 유일한 피붙이다.

이인국 박사는 기대와 호기에 가득 찬 심정으로 항공 우편의 피봉을 뜯었다.

전번 편지에서 가타부타 단안은 내리지 않고 잘 생각해서 결정하라고 한 그 후의 경과다.

•'결국은 그렇게 되고야 마는 건가…….'[12]

그는 편지를 탁자 위에 밀어 놓았다. 어쩌면 이러한 결말은 딸의 출국 이전에서부터 이미 싹튼 것인지도 모른다는 생각이 들었다.

---

6 젊어 혈색이 좋은 얼굴.

7 미국의 월삼(waltham)사에서 만든 17개의 보석이 박힌 회중시계.

8 화제의 전환. 여기서 '편지'는 앞으로 일어날 구체적 사건을 제기하는 소재임.

9 주인공의 친일행각 암시.

10 거주지를 관청에 신고하는 서류.

11 대조적 표현으로 현재의 심정적 초조함을 암시함.

12 사건 결말에 대한 암시로 딸이 외국인과 결혼할 것을 암시함.

38선은 제2차 세계대전이 끝나면서 미 · 소 양국이 북위 38도선을 경계로 한반도를 남과 북으로 나누어 점령한 군사분계선이다.

대학에서 영문과를 택한 딸, 개인 지도를 하여 준 외인 교수, 스칼라십(장학금)을 얻어준 것도 그고, 유학 절차의 재정 보증인을 알선해 준 것도 그가 아닌가. 우연한 일은 아니다.

그러한 시류에 따라 미국 유학을 해야만 한다고 주장한 것은 오히려 아버지 자기가 아닌가.

동양학을 연구하고 있는 외인 교수. 이왕이면 한국 여성과 결혼했으면 좋겠다던 솔직한 고백에, 자기의 학문을 위한 탁월한 견해라고 무심코 찬의를 표한 것도 자기가 아니던가. 그것도 지금 생각하면 하나의 암시였음이 분명하지 않은가.

이인국 박사는 상아로 된 오존 파이프를 앞니에 힘을 주어 지그시 깨물며 눈을 감았다.

꼭 풀 쑤어 개 좋은 일[13]을 한 것만 같은 몸서리가 느껴졌다.

'더러운 넌 같으니, 기어코…….'

그는 큰기침을 내뱉었다.

그의 생각은 왜정 시대 내선 일체(內鮮一體)[14]의 혼인론이 떠돌던 이야기에 꼬리를 물었다. 그때는 그것을 비방하거나 굴욕처럼 느끼지는 않았다. 오히려 당연한 것으로 해석했고 어찌 보면 우월한 것으로 생각하지 않았던가. 그런데 이 경우는…….

그는 딸의 편지 구절을 곱씹었다.

'애정에 국경이 있어요?'

13 정성들여 키운 딸을 엉뚱한 외국인에게 주게 된 상황을 말함.

14 일제시대에 일본이 유포한 것으로, 일본과 조선은 하나라는 사상.

이것은 벌써 진부하다. 아비도 학창 시절에 그런 풍조는 다 마스터했다. 건방지게, 이게 새삼스레 아비에게 설교조로……

좀더 솔직하지 못하고…….

그러니 외딸인 제가 그런 국제결혼의 시금석이 되겠단 말인가.

'아무튼 아버지께서 쉬 한 번 오신다니 최종 결정은 아버지의 의향에 따라 결정할 예정입니다만…….'

그래 아버지가 안 가면 그대로 정하겠단 말인가.

이인국 박사는 일대 잡종(一大雜種)의 유전 법칙이 떠오르자 머리를 내저었다. '흰둥이 손자' 생각만 해도 징그럽다.

그는 내던졌던 사진을 다시 집어 들었다.

대학 캠퍼스 같은 석조전의 거대한 건물, 그 앞의 정원, 뒤쪽에 짝을 지어 걸어가는 남녀 학생, 이 배경 속에 딸과 그 외인 교수가 나란히 어깨를 짚고 서서 웃음을 짓고 있다.

'흥 놀기는 잘들 논다…….'

응, 신음 소리를 치며 그는 자리에서 일어섰다. 아무튼 미스터 브라운을 만나 이왕 가는 길이면 좀 더 서둘러야겠다. 그 가장 대우가 좋다는 국무성 초청 케이스의 확정 여부를 빨리 확인해야겠다는 생각이 조바심을 쳤다.

그는 아내 혜숙이 있는 살림방 쪽으로 건너갔다.

"여보, 나미가 기어코 결혼하겠다는구려."

"그래요……."

아내의 어조에는 별다른 감동이나 의아도 없음을 이인국 박사는 직감했다.

그는 가능한 한 혜숙이 앞에서 전실 소생의 애들 이야기를 하는 것을 삼가 해왔다.

어떻게 보면 나미의 미국 유학을 간접적으로 자극한 것은 가정 분위기의 소치라는 자격지심이 없지 않기도 했다.

나미는 물론 혜숙을 단 한 번도 어머니라고 불러 준 일이 없었다.

혜숙이 또한 나미 앞에서 어머니라고 버젓이 행세한 일도 없었다.

지난날의 간호원과 오늘의 어머니, 그 사이에는 따져서 표현할 수 없는 미묘한 감정들이 복재되어 있었다.

몰래 숨어 있음

"선생님의 일이라면 무엇이든지 돕겠어요."

서울에서 이인국 박사를 다시 만났을 때 마음속 그대로 털어놓은 혜숙의 첫마디였다.

처음에는 혜숙이도 부인의 별세를 몰랐고, 이인국 박사도 혜숙이의 혼인 여부를 참견하지 않았다.

혜숙은 곧 대학 병원을 그만두고 이리로 옮겨 왔다.

나미는 옛정이 다시 살아 혜숙을 언니처럼 따랐다.

이들의 혼인이 익어 갈 때 이인국 박사는 목에 걸리는 딸의 의향을 우선 듣기로 했다.

딸도 아버지의 외로움을 동정하고 있었다. 자기 자신 아버지의 시중이 힘에 겨웠고 또 그 사이 실지의 아버지 뒤치다꺼리를 혜숙이 해왔으므로 딸은 즉석에서 진심으로 찬의를 표했다.

그러나 시간이 흐를수록 혜숙과 나미의 간격은 벌어졌고, 혜숙은 남편과의 정상적인 가정 생활에서 나미가 장애물이 되는 것 같은 느낌을 차츰 가지게 되었다.

혜숙 자신도 처음에는 마음 놓고 이인국 박사를 남편이랍시고 일대일로 부르진 못했다.

나미의 출발, 그 후 어린애의 해산, 이러한 몇 고개를 넘는 사이에 이제 겨우 아내답게 늠름히 남편을 대할 수 있고 이인국 박사 또한 제대로의 남편의 체모로 아내에게 농을 걸 수 있게끔 되었다.

"기어코 그 외인 교수와 가까워지는 모양인데."

이인국 박사는 아내의 얼굴을 직시하지는 못하고 마치 독백하듯이 뇌까렸다.

"할 수 있어요. 제 좋다는 대로 해야지요."

마치 남의 이야기를 하는 것처럼 이인국 박사에게는 들려 왔다.

"글쎄, 하기는 그렇지만……."

그는 입맛만 다시며 더 이상 계속하지 못했다.

잠을 깨어 울고 있는 어린것에게 젖을 물리고 있는 아내의 젊은 육체에서 자극을 느끼면서 이인국 박사는 자기 자신이 죄를 지은 것만 같은 나미에 대한 강박 관념을 금할 길이 없었다.

저 어린것이 자라서 아들 원식(元植)이나 또 나미 정도의 말 상대가 될래도 아직 이십여 년의 세월이 흘러야 한다.

그때 자기는 칠십이 넘는 할아버지다.

현대 의학이 인간의 평균 수명을 연장하고, 암 같은 고질이 아닌 한 불의의 죽음은 없다 하지만, 자기 자신이 의사이면서 스스로의 생명 하나를 보장할 수 없다.

'마누라를 눈앞에서 나는 새 놓치듯이 죽이지 않았던가.'

아무리 해도 조놈이 대학을 나올 때까지는 살아야 한다. 아무렴,

때가 때인 만큼 •미국 유학[15]까지는 내 생전에 시켜주어야지.

하기야 그런 의미에서도 일찌감치 •미국 혼반[16]을 맺어 두는 것도 그리 해로울 건 없지 않나. 아무렴 우리보다는 낫게 사는 사람들인데. 남 좀 보기 체면이 안 서서 그렇지.

그는 자위인지 체념인지 모를 푸념을 곱씹었다.

"여보, 저걸 좀 꾸려요."

이인국 박사의 말씨는 점잖게 가라앉았다.

"뭐 말이에요?"

아내는 젖꼭지를 물린 채 고개만을 돌려 되묻는다.

"저 병 말이오."

그는 화장대 위에 놓은 골동품*을 가리켰다.

"어디 가져 가셔요?"

•"저 미 대사관 브라운 씨 말이야. 늘 신세만 졌는데……."[17]

아내가 꼼꼼히 싸놓은 포장물을 들고 이인국 박사는 천천히 현관을 나섰다. 벌써 석간 신문이 배달되었다.

골동품 오래되었거나 희귀한 옛 물품.

전개 이인국 박사 가족의 내력(과거)

아무리 생각해도 그것은 분명 기적임에 틀림없는 일이었다. 간헐

---

15 해방 후 남쪽의 세태를 반영하는 표현.

16 서로 혼인을 맺을 만한 신분.

17 이인국 박사의 처세술을 엿볼 수 있음.

적으로 반복되어 공포와 감격을 함께 휘몰아치는 착잡한 추억. 늘 어제 일 마냥 생생하기만 하다.

1945년 8월 하순.

아직 해방의 감격이 온누리를 뒤덮어 소용돌이칠 때였다.

말복(末伏)도 지난 날씨건만 여전히 무더웠다. 이인국 박사는 이며칠 동안 불안과 초조에 휘둘려 잠도 제대로 자지 못했다. •무엇인가 닥쳐올 사태를 오들오들 떨면서 대기하는 상태였다.[18]

그렇게 붐비던 환자도 얼씬하지 않고 쉴 사이 없던 전화도 뜸하여졌다. 입원실은 최후의 복막염 환자였던 도청의 일본인 과장이 끌려간 후 텅 비었다.

조수와 약제사는 궁금증이 나서 고향에 다녀오겠다고 떠나갔고 서울 태생인 간호원 혜숙만이 남아 빈집 같은 병원을 지키고 있었다.

유카타 일본의 전통 의상.

•이 층 십 조 다다미방에 훈도시와 유카타 바람에 뒹굴고 있던 이인국 박사[19]는 견디다 못해 부채를 내던지고 일어났다.

그는 목욕탕으로 갔다. 찬물을 퍼서 대야째로 머리에서부터 몇 번이고 내리부었다. 등줄기가 시리고 몸이 가벼워졌다. •그러나 수건으로 몸을 닦으면서도 무엇인가 짓눌려 있는 것 같은 가슴속의 갑갑증을 가셔 낼 수는 없었다.[20]

그는 창문으로 기웃이 한 길가를 내려다보았다. 우글거리는 군중들은 아직도 소음 속으로 밀려가고 있다. 굳게 닫혀 있는 은행 철문에 붙은 벽보가 한길을 건너 하얀 윤곽만이 두드러져 보인다. 아니 그곳에 씌어 있는 구절.

'친일파, 민족 반역자를 타도하자.'

옆에 붙은 동그라미를 두 겹으로 친 글자가 그대로 눈앞에 선명하게 보이는 것만 같다. 어제 저물녘에 그것을 처음 보았을 때의 전율이 되살아왔다.

순간 이인국 박사는 방 쪽으로 머리를 홱 돌렸다.

'나야 괜찮겠지…….'

혼자 뇌까리면서 그는 다시 부채를 들었다. 그러나 벽보를 들여다보고 있을 때 자기와 눈이 마주치는 순간, 일그러지는 얼굴에 경멸인지 통쾌인지 모를 웃음을 비죽이 흘리면서 아래위로 훑어보던 그 춘석이 녀석의 모습이 자꾸만 머릿속으로 엄습하여 어두운 밤에 거미줄을 뒤집어쓴 것처럼 꺼름텁텁하기만 했다. '그깐놈' 하고 머리에서 씻어 버리려 해도 거머리처럼 자꾸만 감아 붙는 것만 같았다.[21]

벌써 육 개월 전의 일이다.

형무소에서 병보석으로 가출옥되었다는 중환자가 업혀서 왔다. 휑뎅그런 눈에 앙상하게 뼈만 남은 몸을 제대로 가누지도 못하는

---

18 친일 행적으로 인한 죄의식 표현.

19 일본식 생활에 철저히 물들어 있음을 나타냄.

20 심리적 중압감을 통해 사건의 발생을 암시함.

21 춘석이와의 사건 발생 암시.

환자. 그는 간호원의 부축으로 겨우 진찰을 받았다.

청진기의 상아 꼭지를 환자의 가슴에서 등으로 옮겨 두 줄기의 고무줄에서 감득되는 숨소리를 감별하면서도, 이인국 박사의 머릿속은 최후 판정의 분기점을 방황하고 있었다. 입원시킬 것인가, 거절할 것인가…….

환자의 몰골이나 업고 온 사람의 옷매무새로 보아 경제 정도는 뻔한 일이라 생각되었다. 그러나 그것보다도 더 마음에 켕기는 것이 있었다. 일본인 간부급들이 자기 집처럼 들락날락하는 이 병원에 이런 사상범을 입원시킨다는 것은 관선 시 의원이라는 체면에서도 떳떳치 못할 뿐더러, 자타가 공인하는 모범적인 황국신민(皇國新民)의 공든 탑이 하루아침에 무너지는 결과를 가져오는 것이라는 생각이 들었다. 순간 그는 이런 경우의 가부 결정에 일도양단하는 자기 식으로 찰나적인 단안을 내렸다.

그는 응급 치료만 하여 주고 입원실이 없다는 가장 떳떳하고도 정당한 구실로 애걸하는 환자를 돌려보냈다.

환자의 집이 병원에서 멀지 않은 건너편 골목 안에 있다는 것은 후에 간호원에게서 들었다. 그러나 그쯤은 예사로운 일이었기에 그는 그대로 아무렇지도 않게 흘려 버렸다.

그런데 며칠 전 시민대회 끝에 있는 해방 경축 시가행진을 자기도 흥분에 차 구경하느라고 혜숙이와 함께 대문 앞에 나갔다가, 자위대 완장을 두르고 대열에 끼인 젊은이와 눈이 마주쳤다. 이쪽을 노려보는 청년의 눈에서 불똥이 튀는 것 같은 살기를 느꼈다. 무슨 영문인지 모르고 어리벙벙하던 이인국 박사는, 그것이 언젠가 입원을 거절당한 사상범 환자 춘석이라는 것을 혜숙에게서 듣고야 슬금슬금 주위의 눈치를 살피며 집으로 기어 들어왔다.

그 후 그는 될 수 있는 대로 거리로 나가는 것을 피하였지마는 공교롭게도 어제 저녁에 그 벽보 앞에서 마주쳤었다.

갑자기 밖이 왁자지껄 떠들어 대었다. 머리에 깎지를 끼고 비스듬히 누워서 갈피를 잡을 수 없는 생각에 골몰하던 이인국 박사는 일어나 앉아 한길 쪽에 귀를 기울였다. 들끓는 소리는 더 커갔다. 궁금증에 견디다 못해 그는 엉거주춤 꾸부린 자세로 밖을 내다보았다. 포도에 뒤끓는 사람들은 손에 손에 태극기와 적기를 들고 환성을 울리고 있었다.

포장 도로 붉은 기

'무엇일까?'

그는 고개를 갸웃하며 다시 자리에 주저앉았다.

계단을 구르며 급히 올라오는 발자국 소리가 들려 왔다. 혜숙이다.

"아마 소련군이 들어오나 봐요. 모두들 야단법석이에요……."

숨을 헐떡이며 이야기하는 혜숙이의 말에 이인국 박사는 아무 대꾸도 없이 눈만 껌벅이며 도로 앉았다. 여러 날에 라디오에서 오늘 입성 예정이라고 했으니 인제 정말 오는가 보다 싶었다.

혜숙이 내려간 뒤에도 이인국 박사는 한참 동안 아무 거동도 못 하고 바깥쪽을 내다보고만 있었다.

무엇을 생각했던지 그는 움찔 자리에서 일어났다. 그리고는 벽장문을 열었다. 안쪽에 손을 뻗쳐 액자들을 끄집어내었다.

• '國語' 常用의 家'[22]

해방되던 날 떼어서 집어넣어 둔 것을 그 동안 깜박 잊고 있었다.

그는 액자의 뒤를 열어 음식점 면허장 같은 두터운 모조지를 빼내어 글자 한자도 제대로 남지 않게 손끝에 힘을 주어 꼼꼼히 찢었다.

이 종잇장 하나만 해도 일본인과의 교제에 있어서 얼마나 떳떳한 구실을 할 수 있었던 것인가. 야릇한 미련 같은 것이 섬광처럼 머릿속을 스쳐갔다.

환자도 일본말 모르는 축은 거의 오는 일이 없었지만 대외 관계는 물론 집안에서도 일체 일본말만을 써왔다. 해방 뒤 부득이 써 오는 제 나라 말이 오히려 의사 표현에 어색함을 느낄 만큼 그에게는 거리가 먼 것이었다.

마누라의 솔선수범하는 • 내조지공[23]도 컸지만 애들까지도 곧잘 지켜 주었기에 이 종잇장을 탄 것이 아니던가. 그것을 탄 날은 온 집안이 무슨 경사나 난 것처럼 기뻐들 했다.

"잠꼬대까지 국어로 할 정도가 아니면 이 영예로운 기회야 얻을 수 있겠소."하던 국민 총력 연맹 지부장의 웃음 띤 치하 소리가 떠올랐다.

그 순간, 자기 자신은 아이들을 소학교로부터 일본 학교에 보낸 것을 얼마나 다행으로 여겼던 것인가.

그는 후 한숨을 내뿜었다. 그리고는 지금 통장의 잔액을 깡그리 내주던 은행 지점장의 호의에 새삼 고마움을 느끼는 것이었다.

그것마저 없었더라면…… 등골에 오싹하는 한기가 느껴왔다.

무슨 정치가 오든 그것만 있으면 시내 사람의 절반 이상이 굶어 죽기 전에야 우리 집 차례는 아니겠지. 그는 손금고가 들어 있는 안방 단스[24]를 생각하면서 혼자 중얼거렸다.

이인국 박사는 무슨 일이 일어나도 꼭 자기만은 살아 남을 것 같은 막연한 기대를 곱씹고 있다.

주위가 어두워 왔다.

지축이 흔들리는 것 같은 동요와 소름이 가까워졌다. 군중들의 환호성이 터져나왔다. 만세 소리가 연방 계속되었다.

세상 형편을 알아보려고 거리에 나갔던 아내가 돌아왔다.

"여보, 탱크 부대가 들어왔어요. 거리는 온통 사람들 사태가 났는데 집안에 처박혀 뭘 하구 있어요……."

어둠 속에서 아내의 음성은 격했으나 감격인지 당황인지 알 길이 없었다.

'계집이란 저렇게 우둔하구두 대담한 것일까…….'

이인국 박사는 엷은 어둠 속에서 마누라 쪽을 주시하면서 입맛을 다셨다.

"불두 여태 안 켜구."

마누라가 전등 스위치를 틀었다. 이인국 박사는 백 촉 전등이 너무 환한 것이 못마땅했다.

"불은 왜 켜는 거요?"

"그럼 켜지 않구 캄캄한데…… 자 어서 나가 봅시다."

---

22 국어(일본어)를 사용하는 집이라는 뜻으로, 일제시대에 실시된 조선어 말살 정책의 하나.

23 아내가 남편을 도운 공.

24 서랍이나 문이 달린 장롱.

마누라가 이끄는 데 따라 이인국 박사는 마지못하면서 시침을 떼고 따라 나섰다.

헤드라이트의 눈부신 광선. 탱크 부대의 진주는 끝을 알 수 없이 계속되고 있다.

이인국 박사는 부신 불빛을 피하면서 가로수에 기대어 섰다. 박수와 환호성, 만세 소리가 그칠 줄 모르는 양안(兩岸)을 끼고 탱크는 물밀듯 서서히 흘러간다. 위 뚜껑을 열고 반신을 내민 중대가리의 병정은 간간이 '우라아.' 하면서 손을 내흔들고 있다.

이인국 박사는 자기와는 아무 관련도 없는 이방 부대라는 환각을 느끼면서 박수도 환성도 안 나가는 멋쩍은 속에서 멍하니 쳐다보고만 있다. 그는 자기의 거동을 주시하지나 않나 해서 주위를 두리번거렸다.

그러나 아무도 그에게는 관심을 두는 일 없이 탱크를 향하여 목청이 터지도록 거듭 만세만 부르고 있지 않은가.

• '어떻게 되겠지…….' [25]

그는 밑도 끝도 없는 한마디를 뇌이면서 유유히 집으로 들어왔다.

민요 뒤에 계속 되던 행진곡이 그치고 주둔군 사령관의 포고문이 방송되고 있다.

이인국 박사는 라디오 앞에 다가앉아 귀를 기울였다.

시민의 생명 재산은 절대 보장한다. 각자는 안심하고 자기의 직장을 수호하라. 총기, 일본도 등 일체의 무기 소지는 금하니 즉시 반납하라는 등의 요지였다.

그는 문득 단스 속에 넣어 둔 엽총에 생각이 미치었다. 그러면 저

거도 마쳐야 하는 것일까. 영국에 쌍발, 손때 묻은 애완물같이 느껴져 누구에게 단 한 번 빌려주지 않았던 최신형 특제품이었다.

이인국 박사는 다이얼을 돌렸다. 대체 서울에서는 어떻게들 하고 있는 것일까.

거기도 마찬가지다. 민요가 아니면 행진곡이 나오고 그러다가는 건국준비위원회의 누구인가의 연설이 계속된다.

대체 앞으로 어떻게 될 것인가 궁금증을 해결할 방법이 없다.

해방 직후 이삼 일 동안은 자기도 태연하였지만 뻔질나게 드나들던 몇몇 친구들도 소련군 입성이 보도된 이후부터는 거의 나타나질 않는다. 그렇다고 자기 자신이 뛰어다니며 물을 경황은 더욱 없다.

밤이 이슥해서야 중학교와 국민학교를 다니는 아들딸이 굉장한 구경이나 한 것처럼 탱크와 로스케의 이야기를 늘어놓으며 돌아왔다.

그들은 아버지의 심중은 아랑곳없다는 듯이 어머니, 혜숙이와 함께 저희들 이야기에만 꽃을 피우고 있었다.

앞일은 대체 어떻게 전개될 것인지 뛰어넘을 수가 없는 큰 바다가 가로놓인 것만 같았다. 풀어낼 수 있는 실마리가 전연 다듬어지지 않는 뒤헝클어진 상념 속에서 그래도 이인국 박사는 꺼지려는 짚불을 불어 일으키는 심정으로 막연한 한 가닥의 기대만을 끝내 포기하지 않은 채 천장을 멍청히 쳐다보고만 있었다.

•지난 일에 대한 뉘우침이나 가책 같은 건 아예 있을 수 없었다.[26]

---

25 사건 발생을 은연 중에 암시함.

26 인물의 성격적 특성이 나타남.

자동차 속에서 이인국 박사는 들고 나온 석간을 펼쳤다.

일면의 제목을 대강 훑고 난 그는 신문을 뒤집어 꺾어 삼면으로 눈을 옮겼다.

'北韓 蘇聯留學生 西獨 脫出'
북한 소련유학생 서독으로 탈출

바둑돌 같은 굵은 활자의 제목. 왼편 전단을 차지한 외신 기사. 손바닥만한 사진까지 곁들여 있다.

그는 코허리에 내려온 안경을 올리면서 눈을 부릅떴다.

•그의 시각은 활자 속을 헤치고 머릿속에는 아들의 환상이 뒤엉켜 들어차 왔다.[27] 아들을 모스크바로 유학시킨 것은 자기의 억지에서였던 것만 같았다.

출신 계급, 성분, 어디 하나나 부합될 조건이 있었단 말인가. 고급중학을 졸업하고 의과 대학에 입학된 바로 그해다.

이인국 박사는 그때나 지금이나 자기의 처세 방법에 대하여 절대적인 자신을 가지고 있다.

"얘, 너 그 노어(러시아어) 공부를 열심히 해라."

"왜요?"

아들은 갑자기 튀어나오는 아버지의 말에 의아를 느끼면서 반문했다.

"야 원식아, 별 수 없다. 왜정 때는 그래도 일본말이 출세를 하게 했고 이제는 노어가 또 판을 치지 않니. •고기가 물을 떠나서 살 수 없는 바에야 그 물 속에서 살 방도를 궁리해야지.[28] 아무튼 그 노서

아 말 꾸준히 해라."

아들은 아버지 말에 새삼스러이 자극을 받는 것 같진 않았다.

"내 나이로도 인제 이만큼 뜨내기 회화쯤은 할 수 있는데, 새파란 너희 낫세로야 그걸 못 하겠니?"

그만한 나이

"염려 마세요, 아버지……."

아들의 대답이 그에게는 믿음직스럽게 여겨졌다.

이인국 박사는 심각한 표정으로 말을 이었다.

"어디 코 큰 놈이라구 별것이겠니, 말 잘해서 진정이 통하기만 하면 그것들두 다 그렇지……"

이인국 박사는 끝내 스텐코프 소좌의 배경으로 요직에 있는 당 간부의 추천을 받아 아들의 소련 유학을 결정 짓고야 말았다.

"여보, 보통으로 삽시다. 거저 표나지 않게 사는 것이 이런 세상에선 가장 편안할 것 같아요, 이제 겨우 죽을 고비를 면했는데 또 재까지 그 높이 드는 복판[29]에 휘몰아 넣으면 어쩔라구……."

"가만있어요, 호랑이두 굴에 가야 잡는 법이오. 무슨 세상이 되든 할대로 해 봅시다."

"그래도 저 어린것을 어떻게 노서아까지 보낸단 말이오."

"아니, 중학교 애들도 가지 못해 골들을 싸매는데, 대학생이 못가 견딜라구."

27 시나리오의 O.L(오버랩)에 해당함.

28 세상 돌아가는 일에 민감한 현실주의자의 성격이 드러남. 여기서 '고기'나 '물'은 환경을 의미함.

29 친소적(親蘇的) 시류에 편승함을 말함.

"그래도 어디 앞일을 알겠소……."

"괜한 소리, 재가 소련 바람을 쏘이구 와야 내게 허튼 소리 하는 놈들도 찍소리를 못할 거요. 어디 보란 듯이 다시 한 번 살아 봅시다."

아들의 출발을 앞두고, 걱정하는 마누라를 우격다짐으로 무마시키고 그는 아들의 유학을 관철하였다.

'흥, 혁명 유가족두 가기 힘든 구멍을 이인국의 아들이 뚫었으니 어디 두구 보자…….'

그는 만장의 기염을 토하며 혼자 중얼거리고는 희망에 찬 미소를 풍겼다.

그 다음해에 사변(6·25)이 터졌다.

잘 있노라는 서신이 계속하여 왔지만 동란 후 후퇴할 때까지 소식은 두절된 대로였다.

마누라의 죽음은 외아들을 사지로 보낸 것 같은 수심에도 그 원인이 있었다고 그는 생각하고 있다.

•이인국 박사는 신문 다치키리 속에 채워진 글자를 하나도 빼지 않고 다 훑어 내려갔다.[30]

신문의 판을 짜는 한 방법

그러나 아들의 이름에 연관되는 사연은 한 마디도 없었다.

'이 자식은 무얼 꾸물꾸물하느라고 이런 축에도 끼지 못한담…… 사태를 판별하고 임기응변의 선수를 쓸 줄 알아야지, 멍추같이…….'

그는 신문을 포개어 되는 대로 말아 쥐었다.

'개천에서 용마가 난다는데 이건 제 애비만도 못한 자식이야.'

그는 혀를 찍찍 갈겼다.

'어쩌면 가족이 월남한 것조차 모르고 주저하고 있는 것이나 아닐까. 아니 이제는 그쪽에도 소식이 가서 제게도 무언 중의 압력이 퍼져 갈 터인데…… 역시 고지식한 놈이 아무래도 모자라…….'

그는 자동차에서 내리자 건 가래침을 내뱉었다.

'독또오루 리, 내가 책임지고 보장하겠소. 아들을 우리 조국 소련에 유학시키시오.'

스텐코프의 목소리가 고막에 와 부딪는 것만 같았다.[31]

자위대가 치안대로 바뀐 다음날이다. 이인국 박사는 치안대에 연행되었다.

시멘트 바닥에 무릎을 꿇고 앉은 그는 입술이 파랗게 질려 있었다. 하반신이 저려 오고 옆구리가 쑤신다. 이것만으로도 자기의 생애를 통한 가장 큰 고역이라고 그는 생각하고 있다. 그러나 그것보다는 앞으로 닥쳐올 얘기할 수 없는 사태가 공포 속에 그를 휘몰았다.

지나가고 지나오는 구둣발 소리와 목덜미에 퍼부어지는 욕설을 들으면서 꺾이듯이 축 늘어진 그의 머리는 들릴 줄을 몰랐다.

시간만이 흘러가고 있었다.

그의 머릿속에는 짓눌렸던 생각들이 하나씩 꼬리를 치켜들기 시작했다.

---

30 과거에서 현재로 돌아오는 부분. 아들에 대한 근심이 나타나 있음.

31 과거 회상 장면. 아들의 유학과 관련된 사건 전개가 암시되고 있음.

'이럴 줄 알았더라면 어디든지 가 숨거나, 진작으로 남으로라도 도피했을 걸…… 그러나 이 판국에 나를 감싸줄 사람이 어디 있담. 의지할 곳은 다 나와 같은 코스를 밟았거나 조만간에 밟을 사람들이 아닌가. 일본인! 가장 믿었던 성벽이 다 무너지고 난 지금 누구를…….

'그래도 어떻게 되겠지…….' 32

이 막연한 기대는 절박한 이 순간에도 그에게서 완전히 떠나 버리지는 않았다.

'다행이다. 인민 재판의 첫 코에 걸리지 않은 것만 해도. 끌려간 사람들의 행방은 전혀 알 길이 없다. 즉결 처형을 당했다는 소문도 떠돈다. 사흘의 여유만 더 있었더라면 나는 이미 이곳을 떴을지도 모른다. 다 운명이다. 아니 그래도 무슨 수가 있겠지…….'

"쪽발이 끄나풀, 야 이 새끼야."

고함 소리에 놀라 이인국 박사는 흠칫 머리를 들었다.

때도 묻지 않은 일본 병사 군복에 완장을 찬 젊은이가 쏘아보고 있다. 춘석이다.

이인국 박사는 다시 쳐다볼 힘도 없었다. 모든 사태는 짐작되었다.

이제는 죽는구나, 그는 입 속으로 뇌까렸다.

"왜놈의 밑바시, 이 개새끼야."
밀정

일본 군용화가 그의 옆구리를 들이찬다.

완장 신분이나 지위 따위를 나타내기 위하여 팔에 두르는 표장(標章).

"이 새끼, 어디 죽어 봐라."

구둣발은 앞뒤를 가리지 않고 전신을 내지른다.

등골 척수에 다급한 충격을 받자 이인국 박사는 비명을 지르고 꼬꾸라졌다.

그는 현기증을 일으켰다. 어깻죽지를 끌어 바로 앉혀도 몸을 가누지 못하고 한쪽으로 쓰러졌다.

"민족과 조국을 팔아먹은 이 개돼지 같은 놈아, 너는 총살이야, 총살……."

어렴풋이 꿈속에서처럼 들려 왔다. 그러나 그에게는 그 말도 아무런 반항을 일으키지 못했다.

시간이 얼마나 흘렀을까. 자기 앞자락에서 부스럭거리는 감촉과 금속성의 부스럭거리는 소리를 듣고 어렴풋이 정신을 차렸다.

노란 털이 엉성한 손목이 시계 줄을 끄르고 있다. 그는 반사적으로 앞자락의 시계 주머니를 부둥켜 쥐면서 손의 임자를 힐끔 쳐다보았다. 눈동자가 파란 중대가리 소련 병사가 시계 줄을 거머쥔 채 이빨을 드러내고 히죽이 웃고 있다.

그는 두 손으로 있는 힘을 다해 양복 안주머니를 감싸 쥐었다.

"흥…… 야뽄스끼……."

병사의 눈동자는 점점 노기를 띠어 갔다.

"아니, 이것만은!"

그들의 대화는 서로 통하지 않는 대로 손아귀와 눈동자의 대결은 그대로 지속되고 있었다.

병사는 됫박만 한 손으로 이인국 박사의 손가락 끝에서 시계를

32 소설 속에 반복적으로 나타나는 이인국의 생각으로 인물의 성격적 특성을 나타냄.

채어 냈다. 시계 줄은 끊어져 고리가 달린 끝머리가 이인국 박사의 손가락 끝에서 달랑거렸다.

병사는 밖으로 나가 버렸다.

'죽음과 시계…….'

이인국 박사는 토막난 푸념을 되풀이하고 있다.

양쪽 팔목에 손목시계를 둘씩이나 차고도 만족이 안 가 자기의 회중시계까지 앗아 가는 그 병정의 모습을 머릿속에 똑똑히 되새겨 갈 뿐이다.

감방 속을 빼곡히 찼다.

그러나 고참자와 신입자의 서열은 분명했다. 달포(한 달 보름)가 지나는 사이에 맨 안쪽 똥통 위에 자리잡았던 이인국 박사는 삼분지 이의 지점으로 점차 승격되었다.

그는 하루 종일 말이 없었다. 범인 속에 섞여 있던 감방 밀정이 출감된 다음 날부터 불평만을 늘어놓던 축들이 불려 나가 반송장이 되어 들어왔지만, 또 하루 이틀이 지나자 감방 속의 분위기는 여전히 불평과 음식 이야기로 소일되었다.

이인국 박사는 자기의 죄상이라는 것을 폭로하기도 싫었지만 예전에 고등계 형사들에게서 실컷 얻어들은 지식이 약이 되어 함구령이 지상 명령이라는 신념을 일관하고 있었다.

그는 간밤에 출감한 학생이 내던지고 간 노어 회화 책을 첫장부터 꼼꼼히 뒤지고 있을 뿐이다.

등골이 쏘고 옆구리가 결려 온다. 이것으로 고질(낫지 않는 병)이 되는가 하는 생각이 없지 않다. 아침저녁으로 기온이 사뭇 내려가고 있다. 아무리 체념한다면서도 초조감을 막을 길 없다.

노어 책을 읽으면서도 그의 청각은 늘 감방 속의 이야기를 놓치지 않고 있다. 그들이 예측하는 식대로의 중형으로 치른다면 자기의 죄상은 너무도 어마어마하다. 양곡 조합의 쌀을 몰래 팔아먹은 것이 칠 년, 양민을 강제로 보국대에 동원했다는 것이 십 년, 감정적인 즉결이 아니라 법에 의한 처단이라고 내대지만 이 난리 판국에 법이고 뭣이고 있을까. 마음에만 거슬리면 총살일 판인데…….

'친일파, 민족 반역자, 반일 투사 치료 거부, 일제의 간첩 행위…….'

이건 너무도 어마어마한 죄상이다. 취조할 때 나열하던 그대로 한다면 고작해야 무기 징역, 사형감인지도 모른다.

그는 방안을 둘러보며 후 큰 숨을 내쉬었다.

처마 밑에 바싹 달라붙은 환기창에서 들이비치던 손수건만한 햇살이 참대자처럼 길어졌다가 실오리만큼 가늘게 떨리며 사라졌다.[33] 그 창살을 거쳐 아득히 보이는 가을 하늘이 잊었던 지난 일을 한 덩어리로 얽어 휘몰아 오곤 했다. 가슴이 짜릿했다.

밖의 세계와는 영원한 단절이다.

그는 눈을 감았다. 마누라, 아들, 딸, 혜숙이, 누구누구…… 그러다가 외과계의 원로 이인국 박사에 이르자, 목구멍이 타는 것 같이 꽉 막혔다.

그는 헛기침을 하고 침을 삼켰다.

---

33 자연적인 배경 묘사를 통해 인물의 심리를 반영하고 있음.

'그럼, 어쩐단 말이야, 식민지 백성이 별 수 있었어. 날구 뛴들 소용이 있었느냐 말이야, 어느 놈은 일본놈한테 아첨을 안 했어. 주는 떡을 안 먹은 놈이 바보지. 흥, 다 그놈이 그놈이었지.'

이인국 박사는 자기 변명을 합리화시키고 나면 가슴이 좀 후련해왔다.

거기다 어저께의 최종 취조 장면에서 얻은 소련 고문관의 표정은 그에게 일루(한 가닥)의 희망을 던져 주는 것이 있었다. 물론 그것이 억지의 자위일지도 모른다고 생각되었지만.

아마 스텐코프 소좌라고 했지. 그 혹부리 장교, 직업이 의사라고 했을 때, 독또오루 독또오루 하고 고개를 기웃거리던 순간의 표정, 그것이 무슨 기적의 예감 같기만 했다.

이인국 박사는 신음 소리에 놀라 눈을 떴다.

복도에 켜져 있는 엷은 전등 불빛이 쇠창살을 거쳐 방 안에 줄무늬를 놓으며 비쳐 들어왔다. 그는 환기창 쪽을 올려다보았다. 아직도 동도 트지 않은 깜깜한 밤이다.

생똥 냄새가 코를 찌른다. 바짓가랑이 한쪽이 축축하다. 만져 본 손을 코에 갔다 댔다. 구역질이 난다. 역시 똥 냄새다.

옆에 누운 청년의 앓는 소리는 계속되고 있다. 찬찬히 눈여겨보았다. 청년 궁둥이도 젖어 있다.

'설산가 보다.'

그는 살창문을 흔들며 교화 소원을 고함쳐 불렀다.

"뭐야!"

자다가 깬 듯한 흐린 소리가 들려 왔다.

"환자가…… 이거, 봐요."

창살 사이로 들여다보는 소원의 얼굴은 역광 속에서 챙 붙은 모자 밑의 둥그스름한 윤곽밖에 알려지지 않는다.

이인국 박사는 청년의 궁둥이께를 손가락으로 가리키며 들여다보고 있다.

"이거, 피로군, 피야."

그는 그제서야 붉은 빛을 발견하곤 놀라 소리를 쳤다.

"적리야, 이질……."[34]

그는 직업의식에서 떠오르는 대로 큰 소리를 질렀다.

"뭐, 적리? "

바깥 소리는 확실히 납득이 안 간 음성이다.

"피똥 쌌소, 피똥을…… 이것 봐요."

그는 언성을 더욱 높였다.

"응, 피똥……."

아우성 소리에 감방 안의 사람들은 하나 둘 눈을 뜨며 저마다 놀란 소리를 쳤다.

"적리, 이건 전염병이오, 전염병."

"뭐. 전염병……."

그제서야 교화 소원이 문을 열고 들어왔다.

---

34 '이질' 은 배가 아프고 변에 곱과 피가 섞여 나오며 뒤가 잦은 병으로 사건 전환의 계기가 됨.

얼마 후 환자는 격리되었고 남은 사람들은 똥을 닦느라고 한참 법석을 치고 다시 잠을 불러일으키질 못했다.

이튿날 미결감 다른 감방에서 또 같은 증세의 환자가 두셋 발생했다. 날이 갈수록 환자는 늘기만 했다.

이 판국에 병만 나면 열의 아홉은 죽는 길밖에 없다고 생각한 이인국 박사는 새로운 위험에 사로잡히기 시작했다.

저녁 후 이인국 박사는 고문관실로 불려 나갔다.

"동무는 당분간 환자의 응급 치료실에서 일하시오."[35]

이게 무슨 청천벽력 같은 기적일까, 그는 통역의 말을 의심했다.

소련 장교와 통역관을 번갈아 쳐다보고 있는 그의 눈동자는 생기를 띠어 갔다.

"알겠소 엥……."

"네."

다짐에 따라 이인국 박사는 기쁨을 억지로 감추며 평범한 어조로 대답했다.

'글쎄 하늘이 무너져도 솟아날 구멍은 있다니까.'

그는 아무 표정도 나타내지 않으려고 이를 악물었다.

죽어 넘어진 송장이 개 치우듯 꾸려져 나가는 것을 보고 이인국 박사는 꼭 자기 일 같이만 느껴졌다.

'의사, 이것은 나의 천직이다.'

그는 몇 번이고 감격에 차 중얼거렸다. 그는 있는 힘을 다해 자기 담당의 환자를 치료했다. 이러한 일은 그의 실력이 혹부리 고문관의 유다른 관심을 끌게 한 계기를 만들어 주었다.

사상범을 옥사시키는 경우는 책임자에게 큰 문책이 온다는 것은 훨씬 후에야 그가 안 일이다.

소련 군의관에게 기술이 인정된 이인국 박사는 계속 병원에서 근

군대에서 의사의 임무를 맡고 있는 장교

무하게 되었다. 그러나 죄상 처벌의 결말에 대해서는 알 길이 없었다.

그는 이 절호의 기회를 최대한으로 활용하고 싶었다. 이제는 죽어도 여한이 없을 것만 같았다.

어떻게 하여 이 보이지 않는 구속에서까지 완전히 벗어날 수는 없을까.

그는 환자의 치료를 하면서도 늘 스텐코프의 왼쪽 뺨에 붙은 오리알 만한 혹을 생각하고 있었다.

불구라면 불구로 볼 수 있는 그 혹을 가지고 고급 장교에까지 승진했다는 것은, 소위 말하는 당성(黨性)이 강하거나 그렇지 않으면 전공(戰功)이 특별했음에 틀림없다는 생각이 들었다.

그것 하나만 물고 늘어지면 무엇인가 완전히 살아날 틈새기가 생길 것만 같았다.

이인국 박사의 뜨내기 노어도 가끔 순시하는 스텐코프와 인사말을 주고받을 수 있을 정도로 진전되었다.

이 안에서의 모든 독서는 금지되었지만 노어 교본과 당사(黨史)

공산당 역사

만은 허용되었다.

이인국 박사는 마치 생명의 열쇠나 되는 듯이 초보 노어 책을 거의 암송하다시피 했다.

---

35 사건 전환의 계기.

크리스마스를 전후하여 장교들의 주연이 베풀어지는 기회가 거듭되었다.

얼근히 주기를 띤 스텐코프가 순시를 돌았다.

이인국 박사는 오늘의 이 기회를 놓치지 않겠다고 마음먹었다.

수일 전 소군 장교 한 사람이 급성 맹장염이 터져 복막염으로 번졌다.

그 환자의 실을 뽑는 옆에 온 스텐코프에게 이인국 박사는 말 절반 손짓 절반으로 혹을 수술하겠다는 의사를 표명했다.

스텐코프는 '하라쇼.'(좋습니다)를 연발했다.

그 후 몇 번 통역을 사이에 두고 수술 계획에 대한 자세한 의사를 진술할 기회가 생겼다.

이인국 박사는 일본인 시장의 혹을 수술하던 일을 회상하면서 자신 있는 설복을 했다.

'동경 경응 대학 병원에서도 못하겠다는 것을 내가 거뜬히 해치우지 않았던가.'

그는 혼자 머릿속에서 자문자답하면서 이번 일에 도박 같은 심정으로 생명을 걸었다.

소련 군의관을 입회시키고 몇 차례의 예비 진단이 치러졌다.

수술일은 왔다.

이인국 박사는 손에 익은 자기 병원의 의료 기재를 전부 운반하여 오게 했다.

군의관 세 사람이 보조하기로 했지만 집도는 이인국 박사 자신이 했다. 야전 병원의 젊은 군의관들이란 그에게 있어선 한갓 풋내기

로밖에 보이지 않았다.

그는 수술을 진행하는 동안 그들 군의관들을 자기 집 조수 부리듯 했다. 집도 이후의 수술대는 완전히 자기 진단 하의 왕국이라고 생각되었다.

그러나 아까 수술 직전에 사인한, 실패되는 경우에는 총살에 처한다는 서약서가 통일된 정신을 순간순간 흐려 놓곤 했다.

수술대에 누운 스텐코프의 침착하면서도 긴장에 찼던 얼굴, 그것도 전신 마취가 끝난 후 삼 분이 못 갔다.

간호부는 가제로 이인국 박사의 이마에 내 맺힌 땀방울을 연방 찍어내고 있다.

기구가 부딪는 금속성과 서로의 숨소리만이 고촉의 반사등이 내리비치는 방 안의 질식할 것 같은 침묵을 헤살 짓고 있다.
방해하고

수술은 예상 이상의 단시간으로 끝났다.

위생복을 벗은 이인국 박사의 전신은 땀으로 흠뻑 젖었다.

완치되어 퇴원하는 날 스텐코프는 이인국 박사의 손은 부서져라 쥐면서 외쳤다.

"꺼비딴 리, 스바씨보."
고맙다

이인국 박사는 입을 헤벌리고 웃기만 했다. 마음의 감옥에서 해방된 것만 같았다.

"아진, 아진…… 오첸 하라쇼."
아주 아주 참으로 고맙소

스텐코프는 엄지손가락을 높이 들면서 네가 첫째라는 듯이 이인국 박사의 어깨를 치며 칭찬했다.

다음 날 스텐코프는 이인국 박사를 자기 방으로 불렀다.

그가 이인국 박사에게 스스로 손을 내밀어 예절적인 악수를 청한 것은 이것이 처음이었다.

'적과 적이 맞부딪치면서 이렇게 백팔 십 도로 전환될 수가 있을까. 노랑 대가리도 역시 본심에서는 하나의 인간임에는 틀림없는 것이 아닌가.'

"내일부터는 집에서 통근해도 좋소."

이인국 박사는 막혔던 둑이 터지는 것 같은 큰 숨을 삼켜 가면서 내쉬었다.

이번에는 이인국 박사가 스텐코프의 손을 잡았다.

"스바씨보, 스바씨보."

"혹 나한테 무슨 부탁이 없소?"

이인국 박사는 문득 시계가 머리에 떠올랐다.

그러면서도 곧이어 이 마당에 그런 이야기를 꺼낸다는 것은 오히려 꾀죄죄하게 보이지 않을까 하는 생각이 뒤따랐다. 그러나 아무래도 그 미련이 가셔지지 않았다. 이인국 박사는 비록 찾지 못하는 경우가 있더라고 솔직히 심중을 털어놓으리라고 마음먹었다.

그는 통역의 보조를 받아 가며 시간과 장소를 정확히 회상하면서 시계를 약탈당한 경위를 상세히 설명했다. 스텐코프는 혹이 붙었던 뺨을 쓰다듬으면서 긴장된 모습으로 듣고 있었다.

"염려 없소, 독또오루 리. 위대한 붉은 군대가 그럴 리가 없소. 만약 있었다 하더라도 그것은 무슨 착각이었을 것이오. 내가 책임지고 찾도록 하겠소."

스텐코프의 얼굴에 결의를 띤 심각한 표정이 스쳐 가는 것을 이인국 박사는 똑바로 쳐다보았다.

'공연한 말을 끄집어내어 일껏 잘되어 가는 일에 부스럼을 만드는 것은 아닐까.'

그는 솟구치는 불안과 후회를 짓눌렀다.

"안심하시오, 독또오루 리, 하하하."

스텐코프는 말을 큰 웃음으로 넌지시 말끝을 막았다.

이인국 박사는 죽음의 직전에서 풀려나 집으로 향했다.

어느 사이 저렇게 노어로 의사 표시를 할 수 있게 되었느냐고 스텐코프가 감탄하더라는 통역의 말을 되뇌이면서…….

절정 일제시대와 해방 후 소련군 점령 하에서 능숙한 처세로 살아온 이인국

차가 브라운 씨의 관사 앞에 닿았다.

성조기를 보면서 이인국 박사는 그날의 적기(赤旗)와 돌려온 시계를 생각하고 있었다.

응접실에 안내된 이인국 박사는 주인이 나오기를 기다리면서 방 안을 둘러보았다. 대사관으로는 여러 번 찾아갔지만 집으로 찾아온 것은 이번이 처음이다.

삼 년 전 딸이 미국으로 갈 때부터 신세진 사람이다.

벽 쪽 책꽂이에는 『조선왕조실록(朝鮮王朝實錄)』, 『대동야승(大東野乘)』 등 한적(한문 서적)이 빼곡히 차 있고 한쪽에는 고서의 질책(전집)이 가지런히 쌓여져 있다.

맞은 편 책상 위에는 작은 금동 불상 곁에 몇 개의 골동품이 진열되어 있다. 십이 폭 예서 병풍 앞 탁자 위에 놓인 재떨이도 세월의 때 묻은 백자기다.

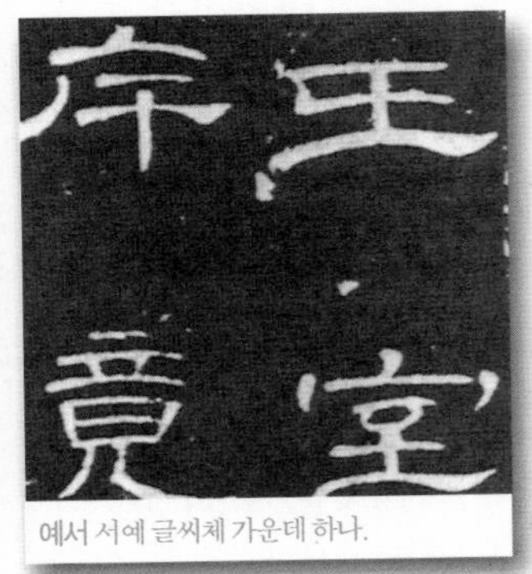
예서 서예 글씨체 가운데 하나.

저것들도 다 누군가가 가져다 준 것이 아닐까 하는데 생각이 미치자 이인국 박사는 얼굴이 화끈해졌다.

그는 자기가 들고 온 상감진사(象嵌辰砂) 고려청자 화병에 눈길을 돌렸다. 사실 그것을 내놓는 데는 얼마간의 아쉬움이 없지 않았다. 국외로 내어 보낸다는 자책감 같은 것은 아예 생각해 본 일이 없는 그였다.

차라리 이인국 박사에게는 저렇게 많으니 무엇이 그리 소중하고 달갑게 여겨지겠느냐는 망설임이 더 앞섰다.

브라운 씨가 나오자 이인국 박사는 웃으며 선물을 내어놓았다. 포장을 풀고 난 브라운 씨는 만면에 미소를 띠며 기쁨을 참지 못하는 듯 탱큐를 거듭 부르짖었다.

"참 이거 귀중한 것입니다."

"뭐 대단한 것이 아닙니다만 그저 제 성의입니다."

이인국 박사는 안도감에 잇닿은 만족을 느끼면서 브라운 씨의 기쁨에 맞장구를 쳤다.

브라운 씨가 영어 반 한국말 반으로 섞어 하는 이야기를 들으면서 이인국 박사는 흐뭇한 기분에 젖었다.

"닥터 리는 영어를 어디서 배웠습니까?"

"일제시대에 일본말 식으로 배웠지요. 예를 들면 '잣도 이즈 아캇도.' 식으루요."

"그런데 지금 발음은 좋은데요. 문법이 아주 정확한 스탠더드 잉글리시입니다."

그는 이 말을 들을 때 문득 스텐코프의 말이 연상됐다. 그러고 보면 영국에 조상을 가진다는 브라운 씨는 알(R) 발음을 그렇게 나타내지 않는 것 같게 여겨졌다.

"얼마 전부터 개인 교수를 받고 있습니다."

"아, 그렇습니까?"

이인국 박사는 자기의 어학적 재질에 은근히 자긍을 느꼈다.

브라운 씨가 부엌 쪽으로 갔다오더니 양주 몇 병이 놓인 쟁반이 따라 나왔다.

"아무 거라도 마음에 드는 것으로 하십시오."

이인국 박사는 보드카 한 잔을 신통한 안주도 없이 억지로라도 단숨에 들이켜야 속이 시원해 하던 스텐코프를 브라운 씨 얼굴에 겹쳐 보고 있다.[36]

그는 혈압 때문에 술을 조절해야 하는 자기 체질에 알맞게 스카치 한 잔을 핥듯이 조금씩 목을 축이면서 브라운 씨의 이야기를 들었다.

"그거, 국무실에서 통지 왔습니다."

이인국 박사는 뛸 듯이 기뻤으나 솟구치는 흥분을 억제하면서 천천히 손을 내밀어 악수를 청했다.

---

36 분단을 고착화 한 외부 세력으로 미·소를 같이 보려는 작가의 역사 인식이 나타나 있음.

"탱큐, 탱큐."

어쩌면 이것은 수술 후의 스텐코프가 자기에게 하던 방식 그대로인지도 모른다는 생각이 들었다.

이인국 박사는 지성이면 감천이라고, 나의 처세법은 유에스에이에도 통하는구나 하는 기고만장한 기분이었다.

청자 병을 몇 번이고 쓰다듬으면서 술잔을 거듭하는 브라운 씨도 몹시 즐거운 표정이었다.

"미국에 가서의 모든 일도 잘 부탁합니다."

"네, 염려 마십시오. 떠나실 때 소개장을 써 드리지요."

"감사합니다."

"역사는 짧지만, 미국은 지상의 낙토입니다. 양국의 우호와 친선에 도움이 되기를 바랍니다……."

"탱큐……."

다음 날 휴전선 지대로 같이 수렵(사냥)하러 가기로 약속하고 이인국 박사는 브라운 씨 대문을 나섰다.

이번 새로 장만한 영국제 쌍발 엽총의 총신을 머리에 그리면서 그의 몸은 날기라도 할 듯이 두둥실 가벼웠다. 이인국 박사는 아까 수술한 환자의 경과가 궁금했으나 그것은 곧 씻겨져 갔다.

그의 마음속에는 새로운 포부와 희망이 부풀어올랐다.

신체검사는 이미 끝난 것이고 외무부 출국 수속도 국무성 통지만 오면 즉일(그날) 될 수 있게 담당 책임자에게 교섭이 되어 있지 않은가? 빠르면 일주일 내에 떠나게 될지도 모른다는 브라운 씨의 말이 떠올랐다.

대학을 갓 나와 임상 경험도 신통치 않은 것들이 미국에만 갔다 오면 별이라도 딴 듯이 날치는 꼴이 사나왔다.

'어디 나두 댕겨오구 나면 보자!'

문득 딸 나미와 아들 원식의 얼굴이 한꺼번에 망막으로 휘몰아 왔다. 그는 두 주먹을 불끈 쥐며 얼굴에 경련을 일으키듯 긴장을 띠다가 어색한 미소를 흘려보냈다.

'흥, 그 사마귀 같은 일본 놈들 틈에서도 살았고, 닥싸귀(도깨비바늘) 같은 로스케(소련인) 속에서 살아났는데, 양키라고 다를까……. 혁명이 일겠으면 일구, 나라가 바뀌겠으면 바뀌구, 아직 이 이인국의 살 구멍은 막히지 않았다. 나보다 얼마든지 날뛰던 놈들도 있는데, 나쯤이야…….'

그는 허공을 향하여 마음껏 소리치고 싶었다.

'그러면 우선 비행기 회사에 들러 형편이나 알아볼까…….'

이인국 박사는 캘리포니아 특산 시가를 비스듬히 문 채 지나가는 택시를 불러 세웠다.

그는 스프링이 튈 듯이 박스에 털썩 주저앉았다.

"반도 호텔로……."

차창을 거쳐 보이는 맑은 가을 하늘이 이인국 박사에게는 더욱 푸르고 드높게만 느껴졌다.

결말 미국무성 초청으로 미국 유학을 가게 된 이인국

출전 :『사상계』, 1962

작품 줄거리

소설『꺼삐딴 리』의 주인공 이인국은 일제시대 제국대학 의학부를 수석으로 졸업한 외과의사이다. 일본 관리들을 주로 상대하면서 철저한 친일파로 성공한 그는 일본인 행세에 앞장선다.

그러나 해방이 되고 북쪽에 소련군이 진주하게 되자, 민족과 조국을 배반했다는 이유로 감옥에 갇혀 총살 위협을 받게 된다. 위기 상황에 잘 적응하는 이인국은 입을 다문 채, 누군가가 감방 안에 버리고 간 러시아어 회화 책을 공부한다. 때마침 감방 안에 전염병이 생기자 의사인 이인국은 감방에서 풀려나와 환자를 돌보게 되며, 그 사이에 소련군 장교와도 안면을 익힌다. 그리고 소련군 장교의 얼굴에 붙은 혹을 수술해 줌으로써 궁지에서 벗어난다.

그 후 전쟁이 터지고, 이인국은 1 · 4후퇴 때 가방 하나만 챙겨 들고 월남하여, 서울 수복 후에는 어엿한 종합병원장 행세까지 하게 된다. 피난 때에 죽은 아내 대신 젊은 간호원과 재혼한 이인국은 전처 소생의 딸을 미국으로 유학보낸다. 그런데 그 딸이 미국인과 결혼하겠다고 통보하자 이인국은 고심 끝에 미국행을 결심한다.

작가 파일

전광용 1919~1988

소설가이자 국문학자로 함북 북청에서 태어났다. 그는 압축된 구성력과 간결한 문체로 사회현실에 만연한 부조리를 고발하고 인간 심리를 섬세하게 표현한 소설을 썼다. 또한 국문학자로 신소설에 대한 본격적이고 체계적인 연구를 시도했으며 이를 통해 근현대문학사에 신소설의 위치를 확고히 자리매김했다. 소설집으로 『흑산도』, 『목단강 열차』 등이 있다.

독후 활동

1 이인국 박사와 같이 변절에 능한 인물을 빗대어 표현하는 동물을 찾아 그림을 그려 보자.

2 '이인국'이라는 말을 가지고, "주위가 어떻더라도 나만 살아남으면 된다."는 내용이 들어가는 3행시를 써 보자.